La Tosc ana

Número de Control de la Biblioteca del Congreso de EE. UU.:   2014904879
ISBN: Tapa Dura   978-1-4633-7459-4
                 Tapa Blanda   978-1-4633-7461-7
                 Libro Electrónico   978-1-4633-7460-0

Para realizar pedidos de este libro, contacte con:
Palibrio LLC
1663 Liberty Drive
Suite 200
Bloomington, IN 47403
Gratis desde EE. UU. al 877.407.5847
Gratis desde México al 01.800.288.2243
Gratis desde España al 900.866.949
Desde otro país al +1.812.671.9757
Fax: 01.812.355.1576
ventas@palibrio.com
519790

Dedicatoria

A quien más...
                    ...sino a mi Mamá.

Agradecimientos

Al iniciar este proyecto me enfrenté a diferentes retos que no habría logrado superar sin la ayuda y apoyo de personas que desde su visión aportaron para hacer de este libro una realidad. Porque no es fácil, hay momentos en que necesitas que te recuerden el rumbo y te regalen una sonrisa para retomar con energía, por eso quiero dedicar este espacio para reconocer su labor a cada uno de ellos:

Mi Tío Hernando que nunca dejó de exigirme lo mejor, cuestionándome hasta lograr coherencia en mi trabajo, pero lo más importante es la manera exquisita como recreó con sus dibujos los lugares que me inspiraron y de los que ustedes podrán disfrutar en las ilustraciones que acompañan el texto, al igual que la carátula del mismo.

Ana María Archila, que como correctora, me mostró como lograr un ritmo, haciendo para ustedes más agradable la lectura.

A mis hijos Mariana y Santiago por ser mi inspiración diaria, por recordarme con su vida lo afortunada que soy.

A mi hermano y su hermosa familia por el entusiasmo y ternura con la que recibieron mi trabajo.

A mis papás por darme siempre todo y más.

A mi Tia Muñe y a Ted que siempre estuvieron para mí, con sus sanas críticas, y su buena energía mientras les hacía lecturas de apartes del trabajo.

A Carito por su paciencia y su conocimiento tecnológico, sin el cual nada habría logrado su lugar.

A mi inspirador… que me ha acompañado en este camino de la vida.

Por último, a ustedes que al leer este libro estarán haciendo de mi sueño una realidad.

La vida te pone de frente lo que no quieres ver, la tristeza que guardaste en lo profundo de tu corazón para nunca tener que enfrentarla... y ahí empieza el día que inevitablemente revives todo con una simple foto. Cada lágrima cada, desilusión. Y te preguntas qué hacer... ¿caer en la depresión, o por fin enfrentar y decidirte a vivir?

Aunque vivir es lo que hacemos siempre, no es fácil. No te confundas, porque vivir es más que eso, es sentir, aceptar, enfrentar y superar cada instante.

Empecé el día con la convicción del inevitable cambio, pero la rutina invadió el espacio, durmió la euforia de las primeras horas. Como siempre, es más fácil acallar tu voz interior anteponiendo la inmediatez. La excusa es perfecta, no hay tiempo ni para ser tú y al final todo sigue igual: cómodo, pero vacío; vacío que en momentos parece invadirlo todo.

Otro día, pero cuantos más habrán. Ya es hora de empezar y como dicen, solo es dar el primer pero el más aterrador paso. Otra vez el vacío, porque ahí es a donde parece que me dirijo.

Ya no hay marcha atrás, evadir no es una opción, pero... ¿y dejar mi estado natural de comodidad?, ¿Enfrentar, aceptar que fracasé, que mi vida ha de cambiar?, ¿Exponerme quitando mi barrera protectora? No es fácil, o mejor no, tengo la valentía que requiere el reto. Volver... pero ¿a quién engaño? y, al final, quien pierde más sino yo.

La estación está más vacía que de costumbre, debe ser a causa del terrible clima que todo lo vuelve denso y aterrador. La gente parece sombría, y ahí está ella, envuelta en su grueso saco gris, algo invita a observarla, es, como si su presencia lo invadiera todo, aunque parece ajena al efecto que ejerce en los que tiene a su alrededor.

Su mirada muestra ansiedad, pero durante un viaje más de uno suele compartir este sentimiento.

Aquí estoy, emprendiendo el principio del fin, y mi negatividad otra vez, pero no lo voy a permitir. Será mejor correr para poder coger la ventanilla, así será fácil distraerme y dejar para más tarde los pensamientos, que por ahora no me ayudarán a seguir.

Me encuentro sentada en esta cabina de tren, después de enfrentar a las personas que más he querido, dejándolas heridas y perdidas frente a este giro inesperado pero sospechado que he decidido dar a mi vida. La duda, creo, será mi compañera de viaje hasta que las cosas se calmen en mi cabeza. Por suerte te tengo a ti, mi fiel confidente, donde registraré paso a paso este viaje que será ahora mi vida.

El tren emprendió el viaje con un melancólico silbido que anunció el inicio, el cansancio era tal que no logré mantenerme despierta durante el primer tramo de viaje. Los eventos de la noche anterior fueron más fuertes que la ansiedad que me invadía. La música en mi iPod y el delicioso arrullo del tren deslizándose sobre la carrilera me llevaron a un sueño reparador, que solo se vio interrumpido por el anuncio de la llegada a mi destino.

Recuerdo la dicha que generó el reconocer que volvía a tener la capacidad de asombro que hacia tanto tiempo había perdido.

Todo a mí alrededor parecía nuevo, las emociones volvían a aflorar, era como si mi cuerpo despertara después de un periodo de insensibilidad.

El pueblito, como todos los lugares de Italia parecía sacado de una postal, la gente y su ruido eran como música para mí. Estaba realmente feliz, me sentía ligera como una pluma que solo tiene que seguir el rumbo que le dicte el viento.

Era extraño, en ese momento sentía que existía solo eso, y lo demás era parte de un pasado al que le tenía que agradecer por haberme llevado ahí. Todo parecía dispuesto para mí.

Después de recorrer el lugar, encontré un hostal en una colina, desde donde podía ver cómo se desarrollaba la vida del pueblo sin tener que hacer parte de ella. En ese momento sentí que esto estaría más que bien para el proceso que estaba por comenzar.

La noche llegó acompañada del sonido de mil chicharras que me transportaron por un instante en el tiempo, lo que dio paso a un sentimiento de soledad que evité saliendo a comer, otro placer que me permití vivir sin remordimiento. Qué simple se sentía todo, la culpa que antes lo invadía, había dado paso a la liberación.

En realidad las cosas se desarrollaban mejor de lo que me esperaba, al llegar a mi cuarto me miré y vi algo nuevo en mí que todavía no podía nombrar.

Aquí estoy... Mi querido confidente, perdida entre mil emociones que se presentan y no sé cómo enfrentar. Pero en realidad sabes, creo que al final no me importa, voy a dejarme sorprender.

El día me regala el más inspirador amanecer, y yo no puedo sino salir a encontrarme con lo que la vida tiene para mí. El clima está perfecto y una brisa lo limpia todo a mi alrededor.

Ahí está otra vez con su no sé qué. Tan real... creo que me miró, pero su mirada parece traspasarme, se la ve distinta sin su saco gris. La brisa juega con su pelo, daría todo por saber qué esconde su mirada vacía.

Cuánto tiempo ha pasado desde que me encontré en la estación del tren. Definitivamente el tiempo es tan relativo y su percepción está tan influenciada por la capacidad de gozo de quien lo vive, que hoy día para mí el tiempo no parece relevante. Al dejarlo atrás me ha regalado la eternidad.

Y ahora qué hacer, la eternidad lo permite todo, no hay límite. Vivir es la opción, idear mi vida con una eternidad para lograrlo, un gran reto por venir.

¿Quién soy? Hay que empezar por reconocer qué hay dentro de mí. Puedo ser todo y nada, o de todo un poco. Lo primero va ser dejar a mi paso todo lo que alguien más determinó y que he sido en el transcurso de mi vida. Diré adiós a todo lo que por alguien más fui, dejando espacio para mí.

Otra estación, otro momento, otro laberinto a recorrer. El tren, la vía, vamos de una vez, no hay que dilatar más las cosas, hay que fluir, pero es realmente aterrador cuando el que fluye es uno. Qué difícil es vivir sin tanta anticipación, sin ocuparse del resultado.

Desde el tren veo cómo queda atrás el primer paso de este camino y me sorprendo de lo que he logrado, nunca me había imaginado sola en una ciudad desconocida.

La soledad es algo nuevo para mí. Yo siempre estaba entre muchas personas, me encantaba compartir y de alguna forma con esto llenaba espacios de alguien que nunca estaba ahí…, pero en fin, recordar no me hace bien, es mejor mirar hacia adelante.

Estoy ansiosa por llegar al próximo destino. El solo imaginar que por fin tendré mi propia villa es como un sueño hecho realidad. La ilusión de decorarla, de tener un espacio seguro a donde llegar luego de explorar los alrededores…, no sé ni por dónde empezar, espero que Vicente sea la gran ayuda que me dijeron sería.

El tiempo pasa lento. Me siento como los niños cuando esperan la Navidad. El reloj se volvió mi obsesión, como si al mirarlo lograra empujarlo de algún modo para hacer más corto el espacio que me separa de mi sueño.

Villa Rosa, es una construcción típica, sus paredes elaboradas con piedras de la región están adornadas por enredaderas de vides. Sus grandes puertas son ventanales desde donde puedo ver un sendero de cipreses, que por su apariencia podría pensarse que tiene más de doscientos años. La entrada es una rotonda engalanada con una fuente, todo es perfecto, nada sobra nada falta.

Pero lo mejor fue la gran sonrisa con que Vicente, el todero, me recibió. Es un encanto de ser, lo más parecido a un duende. Una mezcla de inocencia y picardía.

La primera noche me dediqué a recorrer las habitaciones tratando de encontrar su identidad. Cada una representaba un espacio a descubrir, sus colores, los frescos, que deteriorados afloraban debajo de la nueva pintura.

No sé por donde comenzar, la euforia invade todo mi ser. Esta casa, sus paredes, todo guarda un secreto, igual que yo. En realidad

¿Quién soy yo? Eso es lo que estoy tratando de descubrir en este viaje por la vida.

Vicente me despertó como en viejos tiempos lo hacía Papú, con una bandeja de deliciosos panes acompañada por un florero con flores de mi jardín, el que hoy me propongo visitar.

Es un laberinto algo abandonado y sin mucha gracia, pero todo con un poco de trabajo es susceptible de mejorar, como estaba pasando con mi vida. Los recuerdos son cada vez menos dolorosos, ¿estoy siendo menos dramática o será que las cosas al verlas desde la distancia tienen otro sentido?

El día pasó sin darme cuenta arreglando algunas cosas. Vi la necesidad de comprar, pero esta vez lo iba a hacer despacio, escogería cada cosa viendo su valor y el espacio que ocuparía no solo en la casa, sino en mi vida; todo tendría un significado más allá de su naturaleza y utilidad.

El pueblo más cercano me ofreció tiendas y anticuarios que para mi búsqueda eran perfectos. Me dediqué primero al salón de estar.

15

Los muebles no tenían un estilo definido, pero eran realmente confortables, por lo que decidí darles un toque personal con unos cojines de seda y una carpeta en colores tierra que boté de manera casual en uno de los sofás. Para la mesa de centro llevé un camino en gobelino con los mismos tonos y una bombonera antigua de cristal y plata inglesa. Cada toque hacía que sintiera más mío ese espacio que pasó a ser mi todo. Ahí leía, escribía mi diario y me dedicaba horas eternas a dejar en blanco mi mente mientras observaba el rítmico movimiento de los cipreses.

La paz estaba conmigo, pero faltaba algo. Una tarde, mientras oía música de Bach sentada en la terraza de la sala, pensé que el dolor solo genera más dolor, y que de alguna manera, esta dicha estaba cimentada en el dolor de otros, pero todavía no estaba lista para reparar y perdonar. Estaba ahí y era lo único que quería: respirar y vivir. Pensar en otro destino era improbable para mí, parecía que este lugar me estaba dando todo y más. Los viajes en tren por ahora estaban en el ayer, y yo solo quería el mañana y las sorpresas que trajeran para mí.

La vida no me hizo esperar. Una mañana de otoño, Vicente, mi inseparable amigo, llegó con la cara roja de correr y emocionado me entregó una invitación al festival de música barroca. Este comenzaría el sábado en la iglesia del pueblo, lugar solemne y con una acústica que hacía imposible negarse a tan deliciosa invitación. La emoción hizo que me olvidara de preguntarle a Vicente quién me había invitado.

Pero el sábado descubrí quién había sido: una señora encantadora, con un aire aristocrático en sus maneras y figura. Ella personificaba la feminidad y la dulzura. Sus rasgos eran de una belleza angelical y sus ojos verdes dejaban ver la tristeza que llevaba dentro.

Al verme, su abrazo fue cálido. Me hizo sentir en casa y pasó a explicarme que con esta invitación me quería dar la bienvenida al pueblo que había pertenecido en un pasado no muy lejano a su familia. La noche fue como esperaba: fresca y llena de momentos para atesorar en mi memoria.

A la mañana siguiente no perdí ni un minuto e inicié en el computador la búsqueda sobre mi encantadora anfitriona, que resultó ser de la aristocracia italiana, dueña de uno de los mejores y más antiguos viñedos de la región. Actualmente era ella la administradora de un pequeño emporio.

Te he abandonado, pero la vida me ha atropellado con tantas cosas que no he tenido tiempo de ordenar las ideas dentro de mi cabeza. Vuelvo a ti para compartir la euforia de sentirme viva y dueña de cada paso que doy. Me apoderé de mis decisiones y más que una carga son un reto. Levantarme, trabajar en la casa, socializar, todo es nuevo y enriquecedor.

Sofía me invitó a conocer su hermoso viñedo, algo totalmente nuevo para mí. Me mostró cada detalle y mientras lo hacía, me develó su historia que resultó fascinante. Era la menor de cuatro hermanos y la única sobreviviente. La guerra y sus desastres la dejaron al frente de su realidad, se casó y sus hijos hoy la acompañan y disfrutan de su generosidad y ejemplo.

Es una mujer que decidió controlar su vida marcando la pauta a seguir. Verla trabajar me inspira, como inspira a cada persona que está a su lado. Con su tenacidad ha logrado todo lo que se ha propuesto, no solo fortuna sino el respeto de su pueblo, porque la consideran su guía. Es una mecenas del arte, y ha hecho de este recodo del mundo un lugar donde se respira cultura, con sus conciertos y las famosas tertulias de los miércoles, en las que me enlisté y de las que me retiraba a entradas horas de la madrugada, ávida de conocimientos que compartía con gente de diferentes disciplinas, que desde su visual analizaban un tema durante las tertulias. Al principio era como una esponja absorbiendo cada detalle, pero a medida que pasaba el tiempo, descubrí que podía hacer y hacía relevantes aportes, lo que ayudó a incrementar mi confianza.

Repartía el tiempo entre la adecuación de mi casa y la investigación. Me fascinaba lo que descubría para mi grupo y compartirlo era el premio, porque descubrí que necesitaba reconocimiento.

El grupo pasó a ser mi familia. Esperaba ansiosa la llegada del miércoles, día en que me encontraría no solo con Sofía, sino con un médico retirado que veía la vida como el instante anterior a la muerte. Estaba también la filósofa, profunda pero densa al momento de dar sus opiniones. No faltaba el artista, una mezcla entre lo humano y lo divino que vivía al extremo, siempre al límite, y el tímido y observador intelectual alemán, que me fascinó desde el primer día que lo vi.

17

Pasa el tiempo y con este pasan las tormentas de mis recuerdos, todo va logrando su perfecto lugar, respiro un aire nuevo cada día, estoy realmente atenta a todo lo que pasa a mi alrededor. Con Sofía la amistad ha ido floreciendo, es tan fácil pasar las tardes con ella recorriendo mi jardín, o mejor, en lo que se está convirtiendo mi jardín.

19

Las flores han sido escogidas no solo por su belleza sino por su delicioso aroma, porque debo confesar mi debilidad por los olores. Todo en mi casa se identifica por su olor: el salón siempre está impregnado de mi adorado jazmín; mi cuarto, del aroma fresco de la lavanda con un toque de limón; y hablando de mi cuarto, estoy recuperando un hermoso mural que descubrí debajo de la pintura fresca. Me he puesto a estudiar la temática, es una vista cotidiana realizada de manera armónica y acompañada de un tratamiento delicado de la luz. Es evidente el estilo Barroco, y al ver los tonos pasteles empleados por el artista, ratifiqué mi sospecha... es un.... Giovanni Battista.

¿Quién iba imaginar que la casa tendría su tesoro? La sangre se me subió a la cabeza y corrí a llamar a Antoine, mi artista compañero de tertulias, quien no salía de su asombro al verlo. No contento, se dispuso a contactar a un experto en arte veneciano del siglo XVIII, para que verificara y ratificara nuestro hallazgo.

Una semana más tarde, se presentó en mi casa un señor de rostro impenetrable y mirada inquisitiva, me saludó secamente y pasó sin más preámbulos a mi habitación. Al ver el mural su rostro cambió, se acercó y sacó una lupa y un bisturí con el que desprendió un ínfimo pedazo del mural, lo observó detenidamente después de ponerle una gota de no sé qué químico, que dejó actuar pacientemente. La realidad lo dejó sin palabras, sufrió una metamorfosis, parecía otro ser, su rostro brillaba. "Es un gran día" dictaminó, "efectivamente estamos ante un Battista, es usted muy afortunada, y, si usted lo permite, me gustaría participar de la restauración y hacer un documento fílmico del proceso para donarlo al Museo de Arte Veneciano."

La propuesta me encantó. Saberme parte de un descubri-miento… ¿qué más podía desear? Ahora Antoine sería parte activa del proceso y con su perfeccionismo que va a ser de gran ayuda. *Me muero por verlo en acción con sus comentarios ácidos, no quiero ni imaginarme la cara del experto cuando lo vea en su grupo de trabajo.*

20

Empezamos el trabajo, mi cuarto pasó de ser el lugar más apacible de la casa a ser un caos de luces y personas trabajando día y noche. La energía lo impregnaba todo, Vicente estaba feliz por toda esta actividad, en la que participó con gran entusiasmo deleitándonos con sus manjares, cada uno mejor que el otro, fue un festival gastronómico.

En las noches cuando descansaban, salíamos a la terraza y oírles era un placer todo lo que veían y sabían. Verlos tan sencillos compartiendo con nosotros los detalles de su trabajo era maravilloso.

Todo terminó una tarde de lluvia, el ambiente parecía limpiarse, la gente estaba satisfecha por el valioso trabajo del que habían hecho parte. Antoine era el más contento, repartía champaña brindando con cada uno de los presentes y nos dio un discurso increíble sobre lo que este proceso había aportado a su vida. Él siempre es más trascendente cuando está bajo el influjo de su amada champaña, que despierta el filósofo escondido en lo más profundo de su ser, se libera y al hacerlo muestra que es tierno, tan amoroso... creo que somos más parecidos de lo que dejamos ver. Este tiempo juntos me permitió abrirme y compartir mis pesares, me escuchó pacientemente, con su prudencia demostró su respeto y en silencio, con una unción de chocolate blanco en la punta de la nariz, cerramos nuestro pacto de amor incondicional.

Esta casa me ha dado más de lo que una casa puede ofrecer a su dueño. Me regaló un tesoro, acompañado del más grande descubrimiento: mi alma gemela, Antoine.

La lluvia continuó toda la noche, su sonido me acompañó. La soledad ahora era un alivio. Volví a recuperar mi espacio, la casa se sentía vacía sin toda esa gente, pero revivía su esplendor.

Al amanecer decidí recorrerla nuevamente. El frio era agradable, la luz le daba a la casa un aspecto diferente, todo tenía un brillo rosado por los rayos del sol naciente pasando por las ventanas.

21

Me senté en el sofá y disfruté el contacto de la tela con mis pies. El día estaba empezando y con él los sonidos del campo. El aroma del café despertó mis sentidos.

Desayuné con Vicente que llegó temprano a acompañarme, hablamos un rato de su hermosa vida, porque él era una de esas personas a las que la vida les ha dado todo para estar agradecidas. Una esposa que lo ha apoyado en cada proceso con su amor y entusiasmo, un proyecto: su familia y la responsabilidad que implica, y un hijo al que adora y con el que comparte gran parte de su tiempo. Su hijo es el director de la empresa de veleros que ha pertenecido a la familia por generaciones… todo tiene una historia que respeta el valor de la tradición.

Pero su historia me lleva a la gran pregunta: ¿qué está haciendo Vicente en mi vida?, no es lógica su presencia en mi casa. ¿Quién es en realidad este compañero que ha hecho mis días memorables con sus detalles y amor?

El miércoles llegó. Las cosas estaban volviendo a su curso natural. Sofía tenía una sorpresa, nos acompañaba esa noche su nieto, un hombre de mirada dulce y sonrisa sincera. Su figura inspiraba confianza y sus aportes eran como si vinieran de un sabio. Su entusiasmo al participar y la forma vehemente como defendía sus ideas lo hacían ver tan vivo, que nos cautivó y le dio un aire fresco al grupo.

El tema fue diferente, hablamos de lo que existe pero que no hemos podido explicar a través de la razón. Compartimos nuestras experiencias con una cierta timidez; nosotros, tan librepensadores y tan escépticos, estábamos aceptando haber tenido experiencias inexplicables, pero parecíamos apenados de reconocer nuestra fascinación por estos temas. Nos soltamos e iniciamos nuestro camino por lo desconocido. Era innegable la existencia de estos fenómenos y decidimos estudiarlos, pero al ser algo tan extraño a nuestra forma de pensar nos costó un rato entender cómo hacerlo.

Empezamos por hacer un cronograma con el que dimos un orden a nuestros cuestionamientos. Fue una sorpresa ver a Dareck, el médico, abrirse a un tema tan ajeno, pero a la vez tan presente en su carrera; él parecía haber sido el más expuesto a este tipo de fenómenos al estar tan cerca a la muerte. Agnes, la filósofa nos mostró una faceta hasta ahora desconocida, su pasión que habíamos confundido con testarudez y su gran sensibilidad frente a lo desconocido. Todos parecíamos dejar ver nuestro lado hasta hoy oculto.

Sofía se abrió y compartió su don. Desde muy pequeña, en distintos momentos de su vida, pudo anticiparse a lo que sucedería, sin embargo, el gran temor que sentía la llevó a evitar ver o sentir esto tan ajeno a cualquier explicación. Pero un día decidió compartir con su tía Nena lo que estaba pasándole y lo hizo bien.

Nena era un ser avanzado, que con su delicadeza natural, orientó a Sofía en este proceso de descubrir y manejar el don de la clarividencia. Se lo mostró como un regalo que debía mantener para sí, porque para el común de la gente era difícil de entender. Desde ese día, Sofía guardó su don como un tesoro que solo compartiría con gente que lo valorara como su tía Nena, y hoy era el día de hacerlo con su grupo de amigos. Fue como si al reconocer esta parte de nosotros hiciéramos un pacto de respeto mutuo.

Este nuevo tema me tiene fascinada, nada tan apasionante como lo inexplicable, es un reto al intelecto... y el revuelo alrededor de estos temas, ¿por qué prohibir o negar lo que supuestamente no ha existido?, Pero no más trascendencia, pasemos a lo cotidiano. Hoy me tengo que concentrar, los invitados no demoran en llegar y todo debe estar dispuesto para ellos. La casa se viste de gala para festejar la entrada de un nuevo miembro a las tertulias, es un hombre de mediana estatura que esconde su curiosa mirada detrás de unas gafas que más adelante supe, eran parte del personaje que le gusta representar.

Increíble, cada vez llega alguien más sorprendente a este recodo del mundo, que parece atraer como un imán a la gente más diversa.

23

La velada contó con el canto de la nieta de Sofía, una mujercita de fina figura que estudia en la Scala de Milán. Su voz tiene una tonalidad única, es una delicia oírla y la coquetería natural con la que actúa la hace realmente atractiva. Su presencia no fue un azar, pues ella, como todos los otros miembros de la familia, estaba llegando para acompañar a Sofía al festival del vino novelo que en pocos días se celebraría.

Aquella es una época en la que la familia y el pueblo se reúnen entorno a la preparación de tan esperaba fiesta, el ambiente está impregnado de emoción y, la gente está atenta a la salida de este delicioso mosto Sangiovese cuyo aroma nos remite a la rosa.

La reunión transcurrió entre las risas provocadas por las ocurrencias y anécdotas de nuestro nuevo miembro que, como buen inglés, aprovechó su humor negro para dejar ver el gran dramaturgo que es.

La noche da espacio al sueño y con ella vienen mis fantasmas, a los que algún día tendré que exorcizar. El sueño está volviéndose un espacio tormentoso que trato de evitar ocupándome y organizando viajes que no estoy en realidad dispuesta a hacer. Es una lucha agotadora contra lo inevitable, pero no quiero enfrentar de nuevo esa desolación, no quiero volver atrás. ¿Cómo borrar ese alguien que algún día fui, para darle paso a este nuevo ser que está haciendo todo por emerger?

Estoy entrando en el laberinto de mi vida, pero, ¿cuál será el monstruo al que tendré que matar para encontrar por fin la salida? El primero puede ser el rencor, que pertenece a un pasado del que quiero escapar.

El invierno se acerca, la humedad es insoportable, los días cada vez son más cortos, el Sol solo sale por nueve horas. No puedo darle entrada a la depresión, es como si mi cuerpo pidiera luz.

El jardín está marchito, el pasto se quemó por el frío, los amigos están iniciando sus viajes para escapar de tan deprimente estación, y mientras tanto, yo estoy desempacando las cajas que mandé a traer del apartamento que pienso cerrar por un tiempo. Creo que esta solicitud más que alivio, produjo desazón en mi familia, que seguramente veía este viaje como uno más, de los muchos que he emprendido como táctica de evasión, confirmando una vez más, la idea que se han hecho de mí y mi fragilidad. Frente a una pérdida veo el escapar como una opción.

¿Qué pensarían ahora, viéndome asumir la vida, inventándome una nueva realidad?

Volví a encontrar las fotos y con ellas empezó a aflorar mi dolor. Esta vez llegó con más fuerza, parece realmente irresistible, es como si no pudiera respirar. Creo que estoy perdiendo el control, todo da vueltas, debo respirar despacio o me voy a desmayar. El sudor moja mi cuerpo y hiela mi piel, respiro, respiro, y poco a poco recupero el control, me siento agotada, solo quiero descansar.

Lo que viví ayer hoy parece una pesadilla. ¿Cómo compartir un evento tan desagradable?, Creo que Dareck me puede ayudar.

Y así fue, me remitió a un amigo suyo en Lucca, lo cual me obligó a alejarme de la villa.

Salí temprano a la cita pues necesitaba orientarme. Aunque estaba realmente cerca, el clima no ayudó mucho. La lluvia hacía difícil la visibilidad, pero tenía que ir, no quería volver a sufrir un evento como ese, de solo pensarlo se me aceleraba el corazón.

Lucca me sorprendió con su plaza redonda, nunca había visto una igual, era hermosa aunque sus terrazas estaban cerradas por el invierno.

Encontré la casa fácilmente con las indicaciones que me dio Dareck. Al ver el portal no me sugirió nada, tímidamente me acerqué para anunciarme, usé el golpeador de cobre, las manos me temblaban y estaban moradas del frio. Finalmente, una señora me abrió y me invitó a pasar. Al entrar, me senté en una sala de recibo donde la chimenea prendida le daba calidez al ambiente y lo hacía acogedor. Pasaron unos minutos, la señora volvió y con un gesto me invitó a seguirla por un corredor que terminaba en una biblioteca con puertas de cristal. Nunca llegó a hablar, cosa que me causó gran curiosidad.

Al entrar, vi la hermosa biblioteca de madera con los libros ordenados alfabéticamente, cerré tras de mí la puerta y de uno de los lados de esta magnífica habitación salió un hombre del que no pude precisar la edad. Hablamos y al hacerlo dejé aflorar mi dolor, lloré y sentí cómo las lágrimas limpiaban todo mi ser. Ahora estaba liviana. El tiempo pasó y así terminó, era como cerrar una llave sin más ni más.

Salí desorientada con lo vivido, o mejor, lo no vivido. No sé qué pasó allá adentro, lo único claro es que estaba tranquila, la angustia había quedado en esa biblioteca tras de mí. Al llegar a casa me reencontré con mi diario, del que había olvidado ya su sentido.

La poca luz del día se había ido y decidí prender por primera vez la chimenea, que es enorme, hasta podría caber yo adentro, el ducto de piedra está decorado con tallas en bajo relieve de vides. Es hermoso ver cómo el fuego con sus llamas cada vez más altas parece empezar una danza de suaves movimientos, ocasionalmente interrumpidos por las chispas de la madera mojada. No tenía realmente nada en la cabeza, la calidez me llevó al sueño más tranquilo que haya tenido en varios meses.

Soñé, con un pozo que observaba buscando su fondo, era en blanco y negro, me gustaría saber su significado, aunque para mí era más que obvio.

Me desperté con el crujir de un tronco que luego de una noche de fuego sucumbió. Me sentí renovada, parecía que había participado de un extraño rito de limpieza del alma y recordé la cara amable del amigo de Lucca, que paciente, había permitido que mi llanto aflorara. Era raro lo que sentía, pues lo había visto únicamente ese día, pero había en mi recuerdo una calidez que se percibe, luego de compartir una vida. Sus ojos negros de mirada penétrate más que intimidarme me desafiaban, y las respuestas a sus preguntas develaban los secretos que mi alma guardaba. Todo en él me hacía sentir una parte oculta hasta ese instante en mí, era como si frente a su presencia, mi feminidad renaciera. La ansiedad estaba pero de una manera inspiradora, volví a mirarme

27

en un espejo para reparar por más de dos minutos en mi figura. Quería estar perfecta, escogí con atención mi ropa, y puse el brillo de sabor a miel en mis labios, aunque él nunca fuera a conocer su sabor, era un ritual. Me adorné como una adolescente para su primera cita, saqué unas botas de tacón que realzaban mi figura y, por último, el perfume dulce y fresco que nunca podía faltar.

Salí apurada a la siguiente cita, con un nuevo reto: cautivar a mi espectador.

Llegué y esta vez la señora, sin hablar con su mirada dijo todo lo que necesitaba saber, para actuar sin temor al resultado que iba a provocar.

Lo logré, mi serio interlocutor no pudo evitar ser descubierto mirándome detalladamente. Se veía distraído y nervioso, como si mi presencia lo hubiera perturbado. Yo estaba feliz, no sentía eso hace muchos años, sonreía y me movía de manera provocadora, con tal soltura que ni yo me reconocía, jugué con el pelo y en momentos, logré rozar con mi pie el pie de mí… cómo llamarlo, mi "inspirador".

El tiempo voló, hablamos de todo pero algo me indicaba que el modo en que se desarrollaba la cita no era el propio, habíamos traspasado una línea imaginaria en donde era imposible dar marcha atrás.

Era motivante ver lo que podía generar en alguien tan serio como él. Despidiéndome, sentí su cálida pero sudorosa mano.

Al volver a casa, decidí parar donde Dareck para saber más de mi enigmático amigo de Lucca. No fue mucho lo que logré, pero lo poco me encantó, estaba frente a un escritor de renombre mundial que había decidido refugiarse en Lucca para realizar un libro sobre su último trabajo. La casa en que vivía era su casa de verano, que debido a la paz que le daba la escogió como refugio para darle forma a su obra.

Mis citas fueron una excepción, que ahora debe estar arrepentido de haber hecho su gran amigo y colaborador de investigación. Salí aún más contenta, no era un don nadie a quien cautivé.

El invierno se me hizo corto al interrumpir mi rutina con el Carnaval de Viareggio creado en el Renacimiento para festejar las glorias de las batallas; hoy es un espacio festivo, como un teatro callejero, inundado de figuras gigantes hechas en papel maché, un respiro agradable después de un invierno húmedo y frio.

La primavera se acerca, los días se sienten más cálidos y el campo está cambiando de color, podemos tener Sol por más horas, y con él todo se llena de vida y esplendor.

Mi jardín parece renacer. Reconozco flores que antes nunca vi, sus fragancias y colores ahora alegran mi casa. En cada rincón hay un jarrón con miles de ellas, vuelvo a ser feliz, mi cuerpo rebosa de energía que estoy empleando recordando mis pocos conocimientos de origami, pues al renovar las tertulias supe que el Festival del Grillo se aproxima y encontré en esté la excusa perfecta para sorprender a mi inspirador. Así he decidido referirme a él para evitar que Dareck descubra mi fascinación por su admirado y venerado amigo. *Hasta hoy esta fascinación es solo de mi parte, pero... no sé, han sucedido unas cosas que no sé cómo leerlas.*

Volvemos a los grillos, debo hacer unos cuantos para adornar las puertas de mis nuevos y amorosos amigos. Según la tradición, ellos avisan con su canto el inicio de la primavera y auguran, a quien los tiene, un tiempo de suerte por vivir.

Terminé los grillos y deseché más de la mitad, pues mi destreza en el arte del origami no logró su punto hasta mucho después de haber iniciado la labor.

Les puse una cinta roja para colgarlos de las puertas, tarea que tendría que hacer la noche anterior al 20, día de la tradicional fiesta.

La noche resultó fresca, y emprendí mi peregrinación de amor por la casa de cada una de las personas que me han acompañado, sin preguntar, en esta nueva etapa de mi vida.

La última y más deseada parada fue en Lucca. Para dicha mía, en el momento en que me disponía a colgar el grillo, se abrió la puerta. La sorpresa de los dos fue total, pues nunca imaginamos vernos. Lo desconcerté de tal forma que me estiró la mano de la manera más formal para saludarme, el gesto estaba tan fuera de lugar que decidí halarlo hacia mí, forzándolo a darme el abrazo que más he deseado en la vida y que en realidad no resultó ser lo que esperaba. Él estaba casi paralizado, al final, creo que logró respirar. Increíble verlo tan intimidado. Me corrí para darle espacio y siento que eso le dio la seguridad que necesitaba para por fin hablar. Me contó que salió porque estaba desvelado y necesitaba aire, yo me reí diciéndole que por eso lo había soltado ya que era evidente su asfixia. Mi tono burlón lo relajó más y pude ver por primera vez su tierna sonrisa. Me invitó a caminar con él y me agradeció el grillo, del que le explique su significado y poder. Pensé que a esto respondería sin gran ilusión por ser una persona tan pragmática, pero me sorprendió ahora el a mí con la emoción que manifestó frente a mi regalo.

La noche estaba clara y por momentos estábamos en silencio, oyendo solo el sonido de nuestra respiración. Era irreal esta intimidad, y a la vez, esta distancia. No logré entender luego en mi cama qué había pasado esta noche.

Salió el Sol y con él empezó a sonar mi teléfono sin parar. No había desayunado por estar contestando a cada una de las personas a las que de esta simple manera regalé un trozo de mi corazón, porque eso puse en cada uno de los grillos.

La primera fue Sofía, tan dulce que quería tenerla a mi lado siempre, para no perderme ni un minuto de su compañía. Y bueno, qué puedo decir de Antoine…, me regaló mil unciones de los sabores más exquisitos en la punta de la nariz, ¿Cómo agradecer estos momentos de amor que me ha regalado la vida? Vicente me agradeció regalándome el más delicioso desayuno en la cama, me sentía como una princesa, con mi vajilla de flores de primavera sobre un cielo azul.

Definitivamente solo hay que abrirse a lo que vendrá y siempre sobrepasará nuestras expectativas, como me estaba sucediendo a mí.

Estaba cambiando y ese cambio se reflejaba en todo mí ser. Ahora parece que me quiero más de lo que nunca me permití, me cuido, me consiento y me hago regalos de vez en cuando, además, me estoy viendo, y al verme, me estoy haciendo visible a los demás. Es fantástico existir cuando por tanto tiempo has sido invisible.

No lo puedo creer, al salir de mi casa encontré en las escaleras varias jaulas de colores con grillos de plástico que hacían un sonido divino. Mi emoción fue tan grande que no pude contener mi deseo de llorar, parece que ahora tengo las lágrimas a flor de piel, síntoma de mis nuevos sentimientos. Miré con detenimiento cada jaula para descifrar quiénes las habían enviado. No fue difícil, pues cada uno de mis amigos tiene un estilo íntimo y personal.

La jaula de Sofía es rosa viejo y el grillo tiene en el lomo una mariposa; la de Antoine es blanca con un grillo verde perfecto; la de Vicente está llena de detalles, enredaderas con flores; la de Dareck es pequeña y sin ninguna gracia; Agnes me dio una roja en donde el grillo verde parecía brillar. Al final, solo me senté a recibir la suerte que cada uno de esos grillos me está dando la oportunidad de tener, eran mis amuletos; ahora tendría que buscar un lugar especial para guardarlos y creo que ya sabía dónde iba a ser.

A lo lejos, en mi amplio jardín, descubrí no hace mucho una torre que no creí mía, pero viendo las escrituras, resultó ser parte de la propiedad. Es una construcción típica romana con dos arcos que dan lugar a una especie de corredor que de lado tiene una puerta mimetizada entre frescos de vides. A diferencia de la villa, no es en piedra sino de ladrillo y está estucada, en color rosado. Es ahí es donde voy a poner mi suerte.

Al entrar la primera vez todo estaba abandonado, pero con la ayuda de Vicente logré ponerla a punto. Era como mi lugar secreto, en donde guardar mis tesoros. Lo decoré con un sofá azul pálido y una poltrona a rayas en donde muchas tardes me senté a pasar el tiempo reconociendo la fortuna que trajo el cambio a mi vida. En este espacio tengo un caballete que compré para algún día volver a la pintura. Quién sabe si me reencuentre con la artista que algún día fui.

El tiempo vuela en estos días. Al ver el reloj me doy cuenta que tengo solo el tiempo necesario para llegar a a recoger el pie de limón que llevaré a la casa de nuestro amigo el filósofo, donde hoy se llevará a cabo la tertulia. Llegaron otras reglas a nuestro grupo, ahora alternaríamos casas para conocernos mejor y variar no solo de temas sino de locaciones, ya que no todos vivíamos en San Gimigniano.

La casa de nuestro anfitrión está entre San Gimigniano y Lucca, un lugar que recuerda los cuentos de hadas.

Al llegar, me sorprendió verlos a todos de nuevo, cada uno traía algo para compartir, la mesa invitaba a servirte, pero primero pasamos a lo nuestro, lo inexplicable, para lo que traje conmigo un juego que encontré entre las cajas de mi pasado, que en mi otra vida usé para darle esperanza a más de uno con quien jugué.

El rato fue delicioso. El clima, la compañía, todo estaba bien. Al proponerles el juego, les di una breve explicación que los animó aun más. Hice todo el ritual, puse el vaso con agua y sal, prendí una vela de arcoíris, abrí el tablero, saqué el libro y con la seriedad del caso, pedí que decidieran a quién querían invitar, si a los ángeles o a los duendes, que son mis preferidos. Muy a mi pesar, se fueron por los ángeles. Jugamos hasta entrada la noche y con cada pregunta fuimos conociéndonos aún más.

A lo lejos, con las luces prendidas, la villa se veía como un lugar de ensueño, nunca me había fijado de la visual que daba a quien la observaba… verdaderamente invitaba a soñar.

Al llegar, me recibió el ama de llaves, Flavia, que llegó a mi vida luego de mi crisis. No me gusta recordar esto, porque soy consciente de la fragilidad y de lo fácil que todo puede cambiar. Flavia me hace sentir protegida, es de mi edad, pero ha vivido tanto que al lado de ella soy una niña. Cocina como una diosa y alguna noche me confesó que su mayor deseo era atender banquetes, lo que me llevó a planear la fiesta de mi año en la villa. Ella se emocionó y empezó a organizar no solo los platos, sino la gente que necesitaba para el evento.

Con su llegada, Vicente pasó a ser mi mano derecha en la parte administrativa, porque los sueños tienen un costo que hay que pagar. Por suerte, mi herencia fue generosa y con la ayuda de mis asesores y las inversiones que he hecho, puedo vivir como quiero…, Y aquí otra vez, la tranquilidad, pero a qué costo…la pérdida del ser amado.

Mis pensamientos fueron interrumpidos por la llegada de Antoine. Estaba preocupado por la visita de sus hijos que eran ya hombres, con los que solo tenía en común el amor que se profesaban mutuamente. Yo no entendía su ansiedad, pero al final, supe que no eran ellos el problema, sino su ex, que vendría a tratar la repartición de bienes que nunca hicieron al separarse, pero que hoy era determinante, pues Antoine había heredado una casa en el Elba, lo que había despertado el interés de Cecil.

Antoine me mostró los planos de la propiedad, era todo un palacio al estilo de los habitados por los Medici.

Tomamos un té mientras hicimos mil hipótesis adelantándonos a lo que se venía para tener varios planes de contingencia que al final no sirvieron de nada. A la llegada de la familia de Antoine se aclaró el verdadero propósito del viaje que nada tenía que ver con lo especulado por nosotros esa deliciosa tarde de primavera en la torre.

La vida transcurrió sin grandes acontecimientos. El tiempo era propicio para la reflexión y ahí estaba frente a mi fiel y abandonado amigo. No sé si mi sedentarismo me llevó a abandonarlo, dejando de lado mi costumbre de plasmar en él lo vivido.

Vuelve a mi mente el recuerdo de esa bella noche de los grillos. Creo que debo reanudar mis citas, me hace falta la emoción y la motivación que él genera en mí. Todo cambia con solo pensar en volver a verlo, ha pasado el tiempo y no sé cómo me va a recibir, pero he de intentarlo.

Esta tarde después de mi lectura del té con Agnes y Sofía pienso agendar con su contestador automático una cita con la ansiedad que esto me genera, he de esperar una razón con el día y la hora del encuentro.

El té, con mi nueva vajilla de lectura, pasó a ser otra de las actividades que nos permitía especular y soñar despiertas. Encontré la vajilla en un anticuario de Pisa. Sus delicadas tazas con borde rosa y las cartas del mismo color, que de acuerdo a la taza, regalan un mensaje para alegrar la vida; son de una belleza sin igual y parecen escritas por alguien muy positivo, pues ningún mensaje es malo, más bien, son inspiradores.

Mientras llegaba mi anhelada cita, decidí recorrer el pueblo y me sorprendió ver nuevos lugares que solo aparecen cuando se está acercando el verano, esas son las cosas que me evidenciaban el paso del tiempo.

El verano me agobia, no soy de las personas que disfrutan el calor, porque aunque lo disimulo, soy bastante glamurosa y el sentirme acalorada y sudorosa no es lo que sueño vivir. Pero he remediado un poco el tema instalando en la casa ventiladores y aires acondicionados que se manejan con un mini control del que soy dueña y señora. Además, en mi último viaje a Estambul, decidí que entre más ligera más tolerable se hacía el calor, para lo que compré telas traslúcidas con los colores más diversos. Me imaginé cómo sería mi ropero este verano, y con un cuaderno de dibujo y un portaminas, hice una serie de bosquejos, que poco a poco fueron tomando una forma nada despreciable, otro talento escondido que afloró dentro de la torre.

Llegó la cita y con ella la emoción de saber que pronto nos veríamos. Me alisté con tiempo de sobra, al estar frente a la puerta, paré unos minutos, saqué el brillo y me perfumé con un aceite que es dulce y fresco a la vez. Siempre que iba a las citas usaba el mismo brillo y el mismo perfume, quería dejar una marca de mi presencia en sus sentidos.

Entré y esta vez la antigua "silenciosa" habló para decirme que él estaba demorado y que tendría que esperar. Solo contemplar la posibilidad de no verlo aceleró mi corazón. Era ridículo, él seguramente ni se preocupaba por verme.

Aproveché el tiempo para adelantarme a mi reacción al verlo. Lo mejor sería la indiferencia, pues yo era la que había propiciado los dos últimos encuentros y tenía que desconfigurarlo como parte de mi juego. Mantenerlo atento a cada movimiento mío sin permitirle la seguridad que da la rutina.

Nuestro encuentro fue mejor que cualquier especulación hecha por mí. Estaba radiante, parecía que él también me esperaba, aunque es un experto en borrar las evidencias, lo que me impide tener certeza y me reta. Creo que el juego es mutuo y la regla es desconcertar. Hablamos de su trabajo, me fascinaba oírlo, era brillante, sus cuestionamientos y las encrucijadas que presentaba su investigación eran increíbles.

¿Cómo alguien tan callado podía tener tanto en su cabeza? Él, al igual que el nieto de Sofía, se iluminaba al hablar de sus teorías, se perdía en sus cuestionamientos. Me hizo sentir parte de su proyecto, preguntándome qué pensaba de lo que estaba planteando y aproveché su euforia para acercarme como colaboradora. Sería la contraparte de su racionalidad, lo común, que es donde a veces es tan difícil de llegar cuando se está a la altura intelectual de mi" inspirador".

Para él sería un triunfo poder legar con sus teorías a un grupo más amplio y hacerlas digeribles con palabras sencillas, para así lograr tocar al mundo. Además, que lo planteado fuera entendido por el común de la gente. Tendría oportunidad de reparar los dolores que la sociedad ha replicado con los años. Ahora, no se sabía cuál estaba más emocionado con la propuesta, él me miraba con admiración y yo con reverencia.

Salí levitando, no tocaba el piso, no quería salir de ese sueño, no podía creerlo había encontrado el espacio para estar con él...

Flavia me esperaba en la puerta con un cuaderno donde escribió cada detalle de la fiesta. Yo realmente me había olvidado del evento, pero en minutos recuperé mi compostura y revisé minuciosamente lo propuesto. Realmente tenía talento, todo sería exquisito, como mis días en la villa. Los invitados debían venir con algo rosa en honor al nombre de la villa y habría un evento sorpresa a media noche; en medio de vivas destaparíamos la inscripción en la columna de la entrada que tendría tallado en mármol de Carrara color rosa el nombre de cada una de las personas que a hoy habían enriquecido mi ser. Sería un homenaje a ellos y a su generosidad al abrir sus vidas para que con ellas yo reconstruyera la mía.

La semana parecía no tener los días que necesitaba para todo lo que había que hacer, pero igual, me relajé, hice una lista de prioridades y me despreocupé. Hoy tenía una salida a comer, cosa que hace mucho tiempo no hacía.

Agnes invitó al grupo a una nueva *trattoria* para celebrar la publicación de su primer tratado de filosofía, yo quería llevarle un regalo de felicitación y ahí me di cuenta de lo poco que la conocía, aunque había compartido con ella por casi un año.

Pensé entonces en como la percibía y fue un juego de mímica sin mímica. Cada recuerdo de ella era una pista para descifrar su personalidad, empecé por su físico, era una mujer madura, pero conservaba su apariencia juvenil, su pelo corto a la moda, su ropa tan actual, era… como decirlo... vanguardista en todo el sentido de la palabra. Sus joyas eran exquisitas, diseños exclusivos y las

39

piedras ni se diga. Intelectual, lectora furibunda, poco a poco la vi, hasta reconocer a una mujer valiente, que a pesar de sus temores, hoy disfruta su vida y cosecha triunfos que comparte con orgullo, pero sin ninguna pretensión. Además supe, aunque no por ella, su gran secreto: un altruismo que la lleva todos los martes a compartir su tiempo con un grupo de ancianos a los que les lee en las tardes con el amor y respeto que merecen. Es una mujer ejemplar que tiene claro que su mano derecha no debe saber lo que su izquierda hace, es realmente amorosa de corazón.

Pero y qué regalarle... ¡Ya sé! Vale para un sueño, acompañado del kit necesario para su realización con las instrucciones del caso. Lo primero fue encontrar la caja en que pondría las cosas, eso fue fácil, en el anticuario de Lucca que atiende la señora Esperoni, Alba Esperoni, encontré una caja de música con el espacio perfecto para lo que programé poner: un vaso plastico para llenarlo de agua y botarlo, para con este acto alejar las lágrimas del camino al sueño, una bomba para inflar en caso de emergencia cuando desfallezcas en el camino, una vela para iluminarte cuando te sientas perdida y, por último, una llave que abrirá la puerta que conducirá a tu sueño. El regalo fue un éxito, tanto así, que a Sofía se le ocurrió que lo comercializara. Me encantó la idea y la puse en acción; hice una muestra que llevé a una tienda en Florencia, en donde aunque gustó, no con mucha convicción me dieron la oportunidad de ponerlo. A la semana llegó un correo electrónico con el primer pedido: 10 vales con kit, y así cada semana hasta que decidí hacer una página web en donde los vendería en línea. Creo que el éxito se dio por la temática, ¿quién no quiere tener instrucciones para poder realizar su sueño?

Dar esperanza es la clave del éxito del negocio de kits, que creció a tal punto que me vi en la tarea de conseguir un productor de cajas de música en China que copió a la perfección el modelo antiguo que Agnes generosamente me prestó. Diseñé los vasos aleja lágrimas y también los empecé a producir en serie, el negocio se estabilizó y recibí una oferta de compra, que rechacé sin pensarlo dos veces. Este era mi sueño, dar la ilusión perdida a través de símbolos que nos recuerden que todo está dispuesto, solo hay que estar atento para accionarlo.

La fiesta se acerca y con ella, la posibilidad de celebrar la amistad y demostrar mi agradecimiento. Aproveché la noche y salí a la terraza, la luz era brillante, alcanzaba a ver a lo lejos el estanque donde desemboca la piscina. Es como reencontrarse con el pasado, los balaustres desgastados por el tiempo, las enredaderas que todo lo adornan y mis cisnes…, Sí, porque logré comprar una pareja de cisnes, aunque fue toda una odisea, pero por fin podía disfrutar de su presencia en mi romántico estanque.

Por un instante, dejé mi mente en blanco para luego empezar a hacer la lista de invitados, no quería dejar a nadie por fuera, empecé por mi queridísima Sofía y los miembros de su familia, sus dos hijos Enzo y Paolo con sus esposas. No podrían faltar Ezequiel y Ariana, los ángeles nietos de Sofía; por otro lado estaban Antoine y Cecil, que resultó ser un encanto, y sus dos hijos que no estaba tan segura de que pudieran venir. Vicente y familia, Dareck y su hermano gemelo Armad, que es todo un personaje, son como dos gotas de agua, no solo en lo físico, sino también en su personalidad. Agnes, con su elegante figura; Alba y Jacomo, mi amigo melómano, diplomático de carrera, crítico de profesión.

Eran tantos que la hoja se iba llenando a medida que pasaba la noche, y cerré con el más importante de los invitados: mi "inspirador" que esperaba fuera, rompiendo con su aislamiento voluntario…, Creo que están todos, pero mañana le pediré a

Vicente que reconfirme antes de mandar a hacer las invitaciones y enviarlas.

He recibido una carta de mi abuelo, me conmovió su escritura, siempre perfecta, su caligrafía es hermosa. Bueno, qué se puede esperar de un artista, pues mi abuelo es artista, en todo el sentido de la palabra.

Saber de él me alegra, es de las pocas personas de mi pasado que querría invitar a mi presente, es un personaje extraño porque su vitalidad arrolladora contrasta con la timidez que esconde con gran talento debajo de una máscara de simpatía sin igual. Sus comentarios son inteligentes y agudos, creo que sería un perfecto compañero de tertulias, porque él sí es un libre pensador.

Me escribe para contarme que va exponer en la Bienal de Arte Contemporáneo de Venecia, a la que lo invitaron para presentar su nuevo trabajo de numerología, que ha sorprendido a críticos por el empleo de nuevos materiales. Sus formas, unos volúmenes que invitan a vivir en ellos, son como topografías numéricas, hechas con la pureza que solo un gran maestro logra después de mucho explorar y trabajar. Por desgracia, yo me perdí de este proceso porque mi viaje coincidió con este nuevo descubrimiento artístico de Papú. Así lo he llamado desde niña, él para mí es como un chamán, que bajo sus gruesas cejas grises esconde mil secretos. Vendría con tía Romina, la más pequeña de sus hermanos, su inteligencia sin igual se refleja en sus ojos siempre sonrientes. Romina es tan alegre y vivaz que saberla cerca llena mi espíritu de alegría.

Qué sincronía, mi reunión va a ser después de la inauguración a la que mi abuelo me invitó. Qué gran honor, aprovecharía el momento para invitarlos y mandaría esta misma tarde a inscribir sus nombres en el mármol.

Otro motivo para sentirme plena en estos días. La vida me está poniendo las cosas fáciles, saber a mi pasado tan cerca me da una oportunidad de reparar y con esto ir matando a los monstruos del laberinto que recorro.

En el mercado me encontré con James y aproveché para contarle la visita que tendría. Para mí era clarísima la afinidad que iba a tener con mi abuelo, no solo por ser contemporáneos, sino por la forma como han vivido sus vidas, además, de la sensibilidad artística que comparten. Él me miró extrañado, como si algo de lo que estaba diciendo lo dejara desconcertado, y frente a su reacción, no pude más que preguntar el por que de ésta, a lo que contestó con una carcajada. Luego dijo,- pero como no lo vi antes, tú, eres tú, quien siempre me ha hablado, su excéntrica nieta, la que se ha permitido todo y más, no puedo estar más que feliz con este descubrimiento, mi amigo Albert, por fin se salió con la suya, la bienal, qué duro fue el camino, pero lo logró-, yo no salía de mi asombro, eran amigos.

Nos despedimos luego de compartir recuerdos. Ahora James pasó a ser parte de mi familia, como una especie de tío abuelo putativo. La vida a veces parece que juega con nosotros y escondida mira la sorpresa y dicha que nos regala con estos giros insospechados.

Paré cansada en la heladería y me tomé una limonada, revisé nuevamente la lista porque quería evacuar mis tareas, como alguien de mi pasado diría, en un tono que dejó una huella en mi alma, pero que hoy ya no es más que eso, una huella.

En realidad, quería terminar y llegar para no tener que salir más, sentarme en mi terraza y, quién sabe, tal vez reiniciar mi diario.

Me cambié y saqué una cobija liviana, la tarde se ponía un poco fría, pero quería estar afuera disfrutando de la vista, porque en los atardeceres hay tantas cosas en tan poco tiempo, que quería registrar en detalle para luego, con algún ejercicio cerebral, recuperar memorias en momentos de necesidad.

Dormí hasta tarde en la mañana, tenía un cansancio que no sentí tan normal, era como si la energía de mi cuerpo estuviera en rojo, Flavia percibió mi estado y sin decir nada, alivió mis tareas del día, argumentando que estaba cansada de hacer siempre lo mismo, pero la verdad estaba preocupada de verme. Algo en mí no estaba bien, caminé en pijama por la casa, revisé cada habitación y al hacerlo, decidí "bautizarlos" con el nombre que cada uno de mis amigos determinara, para lo que inventé otro evento más sencillo que haría aprovechando el miércoles de tertulia en casa.

Al pasar las horas, en vez de recuperar las fuerzas sentía que las perdía. Suspiré con frecuencia, como para recobrar el aliento. Espero que la noche y una buena sopa reconforten mi cuerpo y espíritu, no es momento para parar hay tanto por hacer, la fiesta, la tertulia, la inauguración de Papú, las reservas para Venecia (que siempre está copada), porque quiero quedarme como de costumbre en el Boscolo, con toda la historia que su arquitectura encierra, además está a dos cuadras de la tienda de duendes que colecciono desde niña y con mi energía mejor tener todo cerca.

La sopa logró darme ánimo, así que aproveché para hacer lo del viaje, me quedaría solo dos noches. Reservé un restaurante en la Plaza de San Marcos, en el que de pequeña mi abuelo me enseñó el placer de las ancas de rana. Recuerdo ese viaje como si fuera ayer, la familia estaba todavía completa y éramos felices, teníamos la inocencia de la niñez y los mejores abuelos del mundo que nos mostraron esa hermosa ciudad, adornándola con mil historias no sé qué tan reales que Papú tenía para cada nuevo lugar y, que mi Tata como siempre validaba con su dulce sonrisa.

Estos recuerdos me reconcilian con mi pasado, no todo fue malo, creo que estoy madurando... o serán los años y la baja de energía que me suavizan el corazón.

Miércoles. Flavia me ayudó a arreglar la terraza. Aprovechando los últimos días de primavera, acomodamos los sofás debajo de una pérgola protegida por una enredadera magnífica, sacamos la mesa y una auxiliar donde pusimos las bebidas. Fueron llegando y como ahora era costumbre todos traían algo que Flavia puso de manera armoniosa en la mesa.

Mientras se acomodaban, miré a uno por uno, pensando en todo lo que me daban. Nuestro tema no se llegó a desarrollar, estábamos dispersos y decidimos darnos un descanso y dejar que la tarde nos fuera llevando. Les hablé de mi abuelo y James amplió mi descripción, oír a alguien más hablar así de él me hizo sentir realmente orgullosa. Les conté de mis cisnes y decidieron ir a verlos al estanque, la tarde los hacía ver especialmente hermosos, todos hicimos silencio mientras los contemplábamos.

De vuelta en la terraza, Dareck se me acercó y me preguntó por nuestro mutuo amigo. Yo creo que mi cara se iluminó, aunque por la luz Dareck no lo percibió, me cogió desprevenida y me felicitó por mi participación en la investigación, emocionado me dijo que este viernes nos veríamos en Lucca para discutir un punto que querían poner en palabras más simples para lo que mi "inspirador" le había pedido que me contactara. Acordamos irnos juntos a las 5:00, él me recogería en su nuevo Alfa Romeo rojo, estaba feliz con su carro, por lo que se ofrecía a llevarte a donde fuera para poderlo exhibir, es como un niño grande con su juguete nuevo.

Antes de que se fueran, les pedí que recorriéramos las habitaciones para que pensaran con cuál se identificaban, pues quería que ellos las bautizaran. Se veían emocionados recorriendo la casa, salían y entraban, miraban y repasaban, hasta que al final pidieron un tiempo para reflexionar sobre sus opciones, pues en el proceso habían coincidido en gustos. Les di el tiempo y los invité a la biblioteca para oír lo que cada uno dijo para justificar su elección. En el caso de coincidir, el que argumentara mejor se quedaba con la habitación.

Una vez asignadas, Flavia llegó con un canasto lleno de botellas de champaña personales que repartió a cada uno de los presentes para que a la usanza de los astilleros, las lanzaron contra cada puerta, diciendo en voz alta el nombre escogido. Entretanto, Vicente registró con una cámara el momento para ponerlo en el libro de Villa Rosa, proyecto que había empezado hacía unas semanas. La idea era tener un registro fotográfico de la vida en esta villa, aprovechando mi afición por la fotografía. Qué mejor que una foto para registrar la vida… al final así no había empezado todo.

Los nombres fueron sorprendentemente simples: Cielo, Limbo, Encuentro, Abedul, Chester, Destino y Secreto.

Al terminar, salieron dejando su marca para siempre, no solo en mi corazón sino en mi casa. Bañados en champaña, bajo la luz de la Luna, que hacía ver todo con un brillo que nunca olvidaré.

Caí muerta, no podía pensar, pero mañana seía otro día y seguramente estaría mejor, aunque lo de hoy había dejado mi cuerpo sin reservas.

Me siento diferente, no me reconozco, soy otro ser. ¿Dónde está mi emoción, mi vitalidad?

Ya todo está listo, pero cómo lo voy a lograr, no me siento capaz ni de levantarme de la cama, comer me cuesta, voy a dormir todo el día para recuperarme. Mañana estaré con él, pero así no me motiva nada.

47

Jueves ya, decididamente, le comentaré a Dareck es médico y me puede ayudar.

Dareck llegó muy puntual, salimos. El viento desarregló mi pelo y le dio un toque juvenil. Mi amigo habló de lo feliz que se sintió en el bautizo, me felicitó por mis ideas y sorpresas que hacían siempre esperadas las veladas en mi casa. Me contó que hacían apuestas, pero nunca lograban anticiparse a mis ocurrencias.

Al mirarme, me preguntó por qué estaba tan callada, y aproveché para contarle lo que sentía, le vi preocupado, y me dijo que ahora miraríamos qué hacer.

Llegamos, llevábamos quesos y una botella de chianti de la reserva de Sofía. Nos abrió Roxana, así se llama la antigua "silenciosa", que cambió al ver a Dareck. Era evidente su atracción, pero él parecía no verla. Seguimos a la biblioteca y con cada paso sentía que el corazón se me salía del pecho, respiré y por fin, ahí estaba en su escritorio perdido entre mil papeles desordenados. Saludó sin mirarnos, lo que me heló el pecho, pero en realidad ¿qué quería yo?, estaba Dareck, y yo podía estar leyéndolo mal, asimilando mi sentimiento al suyo.

Este era uno de esos instantes en los que podría ver con claridad su actitud frente a mí. Respondimos el saludo mientras él hablaba del estado de su trabajo, se sentía perdido por no poder explicar el esquema a desarrollar. Dareck lo ayudó a centrarse frente a un tablero en donde empezaron a poner palabras que sintetizaban todo. Yo era nuevamente invisible, ésto era distinto a como lo había imaginado. Miré en silencio como esta disertación se desarrollaba, pero realmente sin interés, pues el cansancio era tan grande que mi cabeza no podía procesar lo que ahí se estaba hablando.

Después de un rato, los dos pararon y se acercaron como si vieran un fantasma. Así era, yo estaba totalmente desgonzada sin un color en la cara. Me tomaron la tensión y estaba muy baja, me acostaron en el sofá y me dieron un coñac, poco a poco volvía mi alma nuevamente al cuerpo. Ellos me miraban expectantes, no hablaban, hasta que por fin yo lo hice, les conté lo que había estado pasándome y me recomendaron lo obvio, descansar, pues después de vivir el último tiempo al límite, mi cuerpo estaba resentido. Parecía perfecto, porque llegaba el verano, época de descanso natural.

Aprovecharía mi piscina, el estanque y la torre, la celebración se pospondría, pero en fin, la amistad se puede celebrar en cualquier época del año.

Salimos cuando estuve mejor, nuestro anfitrión me prestó un abrigo que me ayudó a calentarme. Ahí descubrí su olor, algo que rescatar de esta tarde.

Durante el camino Dareck se ofreció a quedarse esa noche conmigo. Lo agradecí, pues no estaba del todo bien. Flavia alistó su habitación, adivinen cuál?.... Chester.

Antes de acostarnos, pusimos música y nos reímos de la letra de la canción, al tiempo que Dareck me confesaba su amor secreto, cuidándose de no revelar el nombre .Parecía la canción perfecta para lo que sentía, ahora éramos dos adolescentes con el corazón roto, hablamos y por fin nos dormimos agotados.

Nunca hubiera imaginado desayunar con un hombre en mi casa, pero fue grato. Lo despedí con un abrazo fuerte que devolvió con igual intensidad, fue reconfortante saberlo cerca.

El día empezó bien, salí a la torre, abrí las ventanas y las cortinas volaron y dejaron entrar un aire nuevo. Todo se movía al ritmo de la música celta que puse con todo el volumen para que la vibración le diera vida a mi cansado cuerpo, y así fue.

Mi energía iba *in crescendo* como la música, pero mi éxtasis fue interrumpido por Flavia, que entró para avisarme que una visita me esperaba en la casa. Sorprendida la miré pero ella solo me dijo que me diera prisa pues el visitante era muy serio.

Sonreí, el Sol brillaba en mi torre, el clima estaba un poco más cálido. Al llegar a la casa, lo vi a lo lejos, parado en el balcón.

Entré por detrás y saludé de la manera más neutra que podía, escondiendo mi emoción. Cortesmente lo invité a sentarse. Él observaba cada detalle, como si con ello pudiera descifrarme.

Flavia nos trajo limonadas frescas y aprovechó para analizar al enigmático visitante, pues nunca lo había visto en el pueblo. Permanecimos en silecio hasta que me pidió que lo acompañara a Florencia a una revisión del libro en el que estaba trabajando. La sorpresa reflejada en mi cara debió ser tal, que él inmediatamente aclaró, que iría Dareck, y me explicó que quería al grupo de trabajo con él para poder resolver cualquier inquietud que se presentara en la revisión. Lo sentí como un baldado de agua, sus palabras me pusieron en mi lugar, ¿qué más debería hacer para que entendiera que el sentimiento era solo mío aunque yo quería trasladárselo a él? Al final, viajaría con ellos a Florencia y aprovecharía este tiempo, para visitar la nueva muestra de la Galeria degli Uffizi.

Venecia, pronto estaré con mi pasado. Me despedí de Sofía, no sin antes recomendarle la villa y a Flavia, de quien no me había separado hasta hoy.

El vuelo fue corto, llegué con mi maleta de diseño de perros que hizo a más de una persona preguntarme dónde había conseguido aquella singular pieza.

51

Me fui en un vaporeto que me dejó en el hotel. Desempaqué, tomé un baño y antes de cambiarme llamé a mi abuelo, no lo encontré, le dejé un mensaje y descansé, hasta que Papú llamó. Oír su voz energética contándome cada detalle del montaje y lo satisfecho que estaba de la forma y el espacio que le habían dado, aumentó mis ganas de verle y abrazarle, al igual que a tía Romina. Colgamos y nos encontrarnos en la Plaza de San Marcos. Al verlo, el tiempo se detuvo como en las películas, estaba frente a mi pasado, pero ya no existía sino el presente, nos abrazamos y nos miramos como descubriéndonos.

Tía Romy llegaría al restaurante, nos fuimos cogidos del brazo recordando a los seres queridos, y dimos gracias a la vida por este encuentro. El restaurante revivió momentos de felicidad que la tía Romy alegró aun más con sus apuntes. Es brillante y sus ojos sonrientes hacen todo más fácil. Nos despedimos pero quedamos de encontrarnos luego en la inauguración, que era a las 7:00.

Aproveché la tarde para visitar la tienda de duendes y compré uno nuevo para mi colección; un duende de casa con sombrero de cono, camisa roja y sus orejas…, qué sería él, sin sus orejas.

Volví para arreglarme. Quería sorprender a mi abuelo, y hacerlo sentir orgulloso de mí.

Era una noche especial, llena de personalidades, y ahí estaba mi abuelo radiante por este logro. Lo acompañé toda lo noche, me llené de él, registré en mi memoria cada mirada, cada comentario, quería atesorar ese momento para siempre en mi corazón.

Era su noche, la noche que había soñado por años y que hoy al fin estaba disfrutado por su magnífica obra.

Al día siguiente leí cada periódico en donde se hablaba de la Bienal y para mi sorpresa en más de uno se habló de la obra de mi abuelo. Los guardé para mi caja de recuerdos.

El día pasó y no pude ver al abuelo sino hasta la noche, pues tuvo conversatorios para explicar su obra todo el día. Mientras tanto, Romy y yo nos actualizamos. Ella seguía idéntica, llena de nuevos e interesantes proyectos, siempre actual. Nos tomamos un vino rosado, su preferido, en la terraza de mi hotel, y como si entendiera, no hizo alusión alguna a mi decisión, solo me observaba en silencio. Yo, por mi parte, tampoco pregunté mucho, pero aproveché y la invité a la celebración, por ahora postergada. Ella se emocionó y prometió acompañarme, como más tarde lo haría también Papú.

Pasaron tan rápido los días que al despedirme me di cuenta de lo mucho que faltó, pero la vida es así. En el avión sentí una opresión en el pecho por haber dejado a Papú.

Encontré la casa más bella que nunca. El alejarme, así fuera por poco tiempo, le dio otro aire a todo. Valoré nuevamente este espacio, que es ahora mi vida, la que he diseñado cuidadosamente, pensando en lo que soy y como me quiero ver y ser recordada en el futuro.

Llegó el verano y con él, los turistas, que todo lo invaden. Me sentía asfixiada por su alboroto, además, la humedad está al límite, pero lo disfrutaré, hoy compraré asoleadoras para dejar atrás mi palidez. Al cargarme de la energía de los largos días de verano, registraré atardeceres de ensueño con mi cámara, para lo que ubicare un trípode en la terraza, aunque es algo limitante, porque a mí definitivamente me gusta estar suelta, atenta a lo que veo, sin planear nada…, *como me gustaría ser así en todo en la vida.*

53

Dareck llegó puntual como habíamos acordado para emprender nuestro viaje a Florencia, yo estaba un poco retrasada acomodando las cosas para mi trabajo de verano.

Salimos a Lucca, recogimos a nuestro amigo y empezamos el viaje, que aproveché al máximo. Todo lo hacía con doble intención, dejando totalmente desconcertados a mis compañeros, me sentía libre, este espacio era mío. El viento, mis labios brillantes, todo los invitaba a verme y, por último, la música, cada canción tenía una intención, un mensaje. El juego me dio vida, al llegar a Florencia era otra, me permití, y no salió nada mal.

Dareck, cansado por el viaje, decidió quedarse en el hotel y yo cogí de la mano a mi acompañante y lo obligué a invitarme a comer.

Él se dejó llevar disfrutando de mis ocurrencias. Sentí que podía vencer el miedo, algo me decía que era el momento y no lo podía dejar pasar, nunca había hecho algo así.

Siempre hay una primera vez, empecé hablando de mis sentimientos hacia él, y mientras lo hacía, tuve mil dudas sobre mi conducta, pero ya no podía dar marcha atrás. Me avergoncé y evité su mirada, que sentía intimidante. Hablé sin parar para no darle espacio a la decepción. Él me observaba desconcertado, pero a medida que escuchaba, su mirada se trasformaba en la más dulce. Ahora había sorpresa en sus ojos, no creía lo que oía, era irreal. Me interrumpió para pedirme que no pensara todo tanto, que dejara que los hechos hablaran, y me dio un abrazo que sentí como una disculpa.

La noche estaba fresca, caminamos al lado del río, la brisa era agradable, pero con el silencio, llegó la tristeza. Mi sentimiento descubierto en un momento no había tenido ninguna resonancia en mi acompañante. Me sentí humillada, expuesta, y aunque traté de disimular, las lágrimas rodaron por mis mejillas, no pude evitarlo.

Al verme, con un gesto de comprensión me explicó su silencio diciéndome que era su reacción natural frente a alguien tan honesto. Sus palabras dolieron y decidí irme esa noche sin ninguna explicación.

Ahí estaba otra vez con el corazón roto en una estación de tren. En la cabina repetí cada segundo de lo vivido, como queriendo descubrir mensajes que, a mi pesar, no encontré. Sentí la necesidad de compartir esto con alguien. Quería otra opinión, en realidad; quería que me dijeran lo que quería oír, pero para qué... ¿qué podía sacar de ésto, más allá de la vergüenza?

Ahora era una acosadora, pobre hombre, pero por lo menos fui valiente y dije lo que sentía, algo que rescatar.

Cuando llegué, lloré hasta caer dormida! qué equivocada había estado!. Al amanecer me despertó el teléfono, contesté aún adormilada. Era Dareck que no salía de su asombro. Qué estaba pasando, yo todavía no podía hablar sin llorar, pero por qué lloraba, al final, logré lo que quería, además, no me debo tomar todo tan en serio. Intenté y no lo logré,... Pero al final sí que lo logré, me conecté con mis sentimientos, los expuse y aquí estoy lista para mi próxima faena.

Me despedí mientras interiorizaba lo concluido. Él solo pudo decirme que a su llegada tendría que explicarle de que se había tratado todo esto.

La tristeza me acompañó a pesar de mi racionalidad. Nunca imaginé que este juego me fuera a desestabilizar, caí en mi trampa y lo peor es que en el fondo agradezco la forma como me habló, porque me llevó a ver mi osadía como un logro.

El otoño llegó y con él, los colores. Los campos se visten de rojo dando paso a alfombras de hojas secas, su sonido al caminar me encanta, ahora aprovecho el tiempo en mi nuevo proyecto.

Con la ayuda de Vicente inicié la construcción a escala de una réplica de la villa. Estamos hasta ahora en el cuerpo, de donde pasaremos a los acabados, no sin antes hacer las instalaciones eléctricas. Es un desafío aparentemente sin sentido, pero en realidad, al hacer esta casa, estoy haciendo mi casa. Estoy retomando espacios perdidos en mi mente, para llenarlos con una nueva información que he escogido con toda la responsabilidad. Cada espacio es un aspecto a construir de mi interior, creo que después de haber destruido todo, debo crear algo nuevo, de gran valor para mí.

Me construyo al tiempo que lo hago con la casa. Al final la casa soy yo, tratando de poner adentro lo que he ido descubriendo afuera.

Una tarde, luego de un largo día de trabajo, al salir me encontré con Paolo, el hijo menor de Sofía, que iba a recoger al perro trufero que le habían mandado. Me contó que se aproximaba la época de estos tubérculos, nada mejor que un perro para localizarlos, además estaba decidido a ganar el premio a la trufa más grande. Oírlo hablar con tal emoción me hizo recordar a su sobrino Ezequiel, eran realmente parecidos. Le deseé buen viaje y seguí sin una ruta determinada, me dejé llevar por las imágenes que me cautivaban y me invitaban a registrarlas con mi cámara, de la que no me apartaba desde el verano.

Flavia estaba feliz de ver mi cambio de ánimo, definitivamente el descanso me hizo bien. Le conté de mi encuentro con Paolo y el concurso de las trufas del que me habló. Ella había olvidado ese evento, pero ahora era perfecto recordarlo, pues teníamos la oportunidad de participar.

Nos pusimos a buscar nuestro perro trufero y encontramos en Pisa un basset hound divino, con esa mirada siempre triste, que lo hace adorable; además parece ser de buena raza, mañana nos mostrarán su pedigrí.

Estaba emocionada de comprar un perro, aunque sabía que sufriría por mi debilidad. Yo los siento muy humanos, y desde niña eso me acarreó más de una burla. Llegó el día, Vicente trajo a nuestro nuevo compañero, al que llamé Precioso. Todos me miraron serios al oír tan singular nombre, pero mi mirada fue aun más seria, impidiendo así que se diera un debate sobre el tema.

Era tan grande como mi mano y con sus orejas largas, recorrió la casa y por fin le mostramos su rincón. Era cerca a la salida a la terraza de abajo, ahí tendría una puerta para salir y entrar a discreción; la educación, por supuesto, no estuvo a mi cargo. Flavia lo hizo a la perfección, este nuevo y educado miembro auguraba dichas por vivir.

Era mi sombra y con su mirada parecía preguntar qué iba a ser de mí. Los paseos se volvieron rutinarios, porque mi Precioso no permitía que faltara a mi cita diaria con sus ladridos desesperados, lo que me dio espacios de reflexión en movimiento, algo totalmente nuevo para mí. Conocí rincones mágicos, a los que solo se puede acceder a pie, e hice más de un amigo, que se acercaba cautivado por la belleza de mi acompañante.

Caminar me amplió el universo, empecé un nuevo grupo con los caminantes y sus mascotas. Compartíamos rutas y conversaciones cortas que mataban la rutina de la que intentaba escapar. Entre ellos estaba Paolo, con quien hablaba cuando nos cruzábamos y en ocasiones parábamos en alguna terraza a tomar un café.

Con él conocí más a Sofía. Él la adoraba, veía en ella todo lo que un buen ser debe tener y la tenía como modelo a seguir. Al parecer, él era igual de sensible a ella, lo que hacía que compaginaran a la perfección.

Una tarde lo invité a la torre y me deleitó leyendo algo de poesía escrita por él en sus ratos libres. Era un joven encantador, su pelo rubio contrastaba con su piel bronceada y sus ojos cafés; era realmente hermoso.

Amanecí ansiosa con solo pensar que hoy tendría que volver a verlo, ya que sería muy infantil de mi parte dejar de participar en este proyecto por un sentimiento realmente mío.

60

Me arreglé y dudé en usar perfume y brillo, pero al final, era algo que me hacía sentir bien esta nueva femineidad, que afloró como resultado de nuestro proyecto.

Dareck me recogería y es seguro que no me dejaría en paz hasta saber qué había pasado en Florencia.

Me preparé para su interrogatorio, que para mi sorpresa fue corto y puntual. Se conformó realmente con poco, me encontró bonita y concluyó que podía ser debido a lo que quedaba de mi bronceado. Me habló de Florencia y de como las cosas habían ido bien, porque el cambio en el tono del libro había sorprendido de manera favorable, lo habían visto como una jugada brillante para llegar a un grupo descuidado hasta ahora: la gente del común.

En el camino hicimos pausas silenciosas en donde la música tomaba protagonismo y reímos de manera cómplice, acordándonos de nuestra noche con Maroon 5.

Paramos antes de llegar en una charcutería, pues veíamos poco cortés presentarnos con las manos vacías. La jornada sería larga para ponernos al día después del verano; no sería fácil retomar, pero ahí estábamos, con la mejor disposición.

Nos abrió Roxana, quien no podía ocultar su satisfacción de encontrarse nuevamente con Dareck después del receso de verano. La encontré distinta, aunque no lograba determinar qué había cambiado, de cualquier modo el cambio era positivo. Sin embargo, esto parecía tener sin cuidado a Dareck, me molestaba su indiferencia ante esta mujer. Revivía en mí ese sentimiento tantas veces sentido con gran dolor.

Pasamos, él estaba con su camisa azul de cuadros. Le sentaba muy bien, porque también estaba bronceado. Nos saludó con un abrazo que reconfortaba el espíritu, me sentí otra vez cómoda frente a su presencia, aunque su mirada era distinta. En más de una ocasión, mientras leíamos, lo sorprendí mirándome fijamente, como si quisiera grabarme en su memoria; y al sentirse descubierto, sonreía tímidamente.

Estábamos inspirados, el trabajo fluyó, llegó el medio día y decidimos salir a comer algo liviano en la plaza, esa plaza circular que me había fascinado desde el día que la vi.

Nos acompañó Roxana, hablamos mientras disfrutamos de una jarra de vino de la casa con un antipasto. Para mi sorpresa descubrí que Roxana no era una asistente cualquiera, era una compañera de universidad de Dareck que por cosas de la vida, no había culminado la carrera.

Al terminar, caminamos a casa, la luz era distinta. Durante el camino Dareck y Roxana se adelantaron unos pasos, con lo que tuve un espacio sola con mi "inspirador", en donde nos miramos sin hablar.

Estábamos logrando el ritmo otra vez, cuando la noche nos sorprendió en una de nuestras eternas discusiones sobre la forma, que no iba a ninguna parte. Decidimos dejar el tema, para retomarlo si había lugar en la próxima reunión, que acordamos para el sábado. En principio no me gustó la idea, en mi vida los sábados eran para mi goce personal y casi nunca había permitido que nada interrumpiera mi rutina, pero el grupo lo determinó por mayoría, a lo que no pude más que aceptar.

El camino de vuelta fue tranquilo, el cielo estrellado nos acompañó, mientras soñaba despierta. Al llegar encontré la cama preparada con mi té de menta listo, tenía sueño pero no lograba dormir, me pesaba el plumón, estaba realmente inquieta, después de un rato decidí no pelear más contra el cansancio y darle paso al sueño.

Desperté con el sonido que hacen las gotas de lluvia al golpear la ventana, en otoño estas son comunes, pasajeras en su mayoría que limpian la tierra al caer.

Me puse mi adorado saco gris el que usé al iniciar este viaje, y estrené unas botas escocesas para mi caminata con Precioso. Él salió con impermeable, todo un personaje, que en silencio oía atentamente mis historias, era mi confidente, con el que compartí mis sentimientos sin temor a ser juzgada.

Al llegar, me dediqué a revisar correos y para mi sorpresa, encontré un mensaje de dos amigas de las que no había tenido noticias en años. Me reconfortó saber de ellas, se les sentía realmente bien y parecía que no sabían el giro que había tomado mi vida, pues me hablaban como si me encontrara en mi pasado. Era simpático ver como algo tan importante para mí era desconocido por personas relativamente cercanas. Decidí dejar las cosas así, no conté nada que dejara ver mi nueva realidad, era como si ésta fuera una realidad paralela que escribía mi otro yo. Me sentía como si observara en esas líneas a alguien más en donde no me reconocía, seguí el juego por algún tiempo hasta que decidí que mi silencio hablaría por mí.

Una tarde, a lo lejos, oí música clásica, lo que agradeció mi espíritu. Era un piano, pero no podía ubicar de dónde salía la hermosa melodía. Para oír mejor, decidí sacar una silla a la terraza y me deleité con tan hermoso concierto. La tarde era apacible y aprovechando el momento retomé mi diario.

63

Después de un largo silencio en el que he reflexionado sobre mis experiencias, solo pude ver en ellas oportunidades de crecimiento y cambio, cambio que vivo con orgullo porque es difícil aceptar que nada permanece.

Pero al pensarlo mejor, he cambiado, asumo y ahí está mi gran logro.

Hay que retomar la vida, pero de qué forma. Hoy estoy en un oasis creado para mi comodidad y protección, sí, es cierto, lo hice yo, pero al final es una continuación de mi estado confortable, en otro lugar. *No me puedo engañar* más, la única forma de renacer es morir un poco, morir a mis miedos, *a mis dolores*, a mí...

Qué dicha, se aproxima un carro, pero a lo lejos no logro reconocer quién es, solo sé que llegó como la excusa perfecta para dejar de lado mis elucubraciones sobre el deber ser.

Entré a esperar a que anunciaran a mi visitante. Fue una sorpresa ver a Jacomo, estaba más delgado pero igual de encantador, como buen diplomático, sus maneras eran exquisitas. Me contó de su última misión en África, de donde acababa de llegar desilusionado de lo poco que se logra desde la diplomacia para ayudar a un país como África, con tanta necesidad. Estaba realmente agobiado y con su temperamento crítico no se demoró mucho en acabar con todos los estamentos del Estado, mostrando en cada frase lo obsoletos y corruptos que eran en su mayoría. Le ofrecí un vino que ayudó a mejorar su fatalismo. Con el segundo ya hablaba diferente y me pidió que lo acompañara al anticuario de la señora Alba Esperoni, porque quería llevar al primer secretario un recuerdo de su estadía en Italia, yo accedí gustosa. Qué más delicioso que una tarde con Alba.

Llegamos al anticuario, su olor inconfundible revivió recuerdos en mi memoria, ese olor me hacía evocar un pasado del que poco a poco me estaba despidiendo.

65

Alba estaba radiante con su pañoleta roja, porque a ella no le podía faltar un toque rojo en su atuendo, era como su distintivo. Abrazó a Jacomo como si no lo fuera a ver nunca más en la vida, y pasamos a la parte de atrás, donde tiene un invernadero con un sofá delicioso. Nos mostró su último hallazgo, un huevo de Fabergé legítimo, que al abrirlo, era una caja de música; estábamos ante un tesoro que había pertenecido a los Zares de Rusia.

Hablamos de todo, tomándonos un té blanco. Oímos las historias de amor de Alba, típica viuda que a pesar del tiempo guardaba fidelidad al marido muerto. Era una mujer que había sido muy feliz, lo que se refleja a hoy en todo su ser. Había logrado manejar las vicisitudes de la vida, y hoy podía mirar atrás y ver su obra, era otro ejemplo en donde la adversidad se vuelve el motor que aviva cualquier sueño.

Ella nos enseñó esa tarde el valor de cada hecho en nuestra vida, todo está ahí para algo. Y aunque en nuestra simpleza no lo podamos ver, hay que aprender a descifrar los signos que la vida nos da para que encontremos nuestro camino y valor. Al oírla, reconocí en ella el primero de muchos signos, ahora debía estar atenta para ir recolectando en el camino indicios que me llevarían a reconocerme.

Es como otro juego que estoy por empezar. Aquí todo lo debo observar desde una óptica distinta a la utilizada, espero tener buen ojo como en la fotografía, donde puedo ver lo que los demás pasan por alto.

Increíble ver como todo se va interconectando, cada cosa que he realizado hasta ahora ha tenido un propósito oculto que se me ha develado hoy.

Para aprovechar el clima, salimos a caminar por los alrededores. No podía saber qué había pasado en esas murallas que recorrimos Jacomo, su nostalgia y yo. Mi cariño me impidió preguntar, sabía que al llegar el momento de sentirlo, él me contaría eso que lo afligía y de lo cual no podía hablar hoy.

Flavia nos esperaba atenta para alistar la habitación de Jacomo, en caso de que él decidiera quedarse, pero para mi tristeza, partió a Florencia desde donde tomaría el avión de regreso a Roma para luego ir a su destino final: África.

Las despedidas nunca me han gustado por el vacío que dejan en el alma; no sé creo que cada vez me es más difícil aceptar que al final solo estoy yo.

Miré cómo se alejaba Jacomo mientras Precioso me acompañó hasta el final del camino, como si con este acto no quisiera soltar a mi gran amigo, me sentí tan solitaria y vacía.

La noche no ayudó a mi sentimiento. La casa se sentía fría, pero en realidad no era a Jacomo a quien extrañaba, era mi pasado que volvía a atormentarme. Me pregunté qué tan válido era haberlo dejado todo, porque el costo y la soledad, eran realmente altos; no había nadie para mí y después con los años que me esperaba, más soledad, no era lo que había planeado para mi vida.

Me aferré a mi cobija tratando de mitigar el frío que me invadió, hasta los huesos. Me sentí sumergida en una sin salida, no estaba realmente para asumirlo; pero, ¿cómo volver cuando has cerrado todas las puertas tras de ti? No sé a quién acudir, no sé cómo recobrar el rumbo, entonces, ¿qué hacer?, ¿vivir aterrada del futuro o cambiar mi presente?

Volvió la angustia de no saberme dueña de mi vida, algo se movió dentro de mí y solo generó desazón. La cama se sentía enorme, y yo era diminuta dentro de mi nuevo mundo.

La mañana llegó sin que hubiera podido dormir. Estaba agotada, me bañé y salí a dar un paseo. Hoy Precioso no me acompañó, necesitaba estar sola, recorrí cada centímetro de la propiedad para recordar qué me había llevado ahí. Reconocí espacios en los que era feliz, vi mi trabajo, y poco a poco recogí pedazos para reconstruir lo que había construido en este tiempo. Llené mi vacío con logros, vi nuevamente el jardín y recorrí el laberinto como un ejercicio para encontrar mi centro, y al salir, reconocí la fragilidad a la que tanto temo, me vi como soy, humana, sensible y con una enorme necesidad de afecto. Reconocerlo dolió, era como revivir algo que quería enterrar en el recuerdo, pero solo se deja atrás lo que ha sido superado, y cómo superarlo si ni siquiera lo quería ver.

Todo vuelve si no eres capaz de soltarlo; y hoy volvía mi dolor, aunque estaba dispuesta a cerrar este capítulo. Para esto enfrentaría mi vacío, pero de otra forma distinta a la que hasta hoy había trabajado. Enfrentaría mi pasado y qué mejor forma que volver, no escapar, no más evasivas, debía prepararme.

Llegó el miércoles y fui temprano a casa de Sofía, quería contarle de mi viaje al pasado para cerrar ese capítulo que tanto mal me ha hecho. Pero al verla todo cambió, era ella quien me necesitaba. Se le veía realmente agobiada y no me equivocaba. Su amigo, del que habíamos hablado en más de un ocasión padecía la triste enfermedad en donde se olvida quién se es. Estaba perdiéndolo en vida y no sabía cómo aceptarlo, lloramos juntas, y como siempre, las lágrimas liberaron parte de nuestra tristeza. Al oírla me apené de haber hecho semejante acontecimiento por nada la noche anterior, debía aprender a saber lo que realmente es triste.

Entraron poco a poco todos y al ver a Sofía con los ojos rojos, decidieron que lo mejor era salir para animarla, caminamos hasta el pueblo, y al llegar a la plaza nos sentamos en el suelo frente al pozo, y empezamos a hablar. La acompañamos, no se necesitaba más, solo debíamos estar para ella y así lo sintió; esto nos permitió volvernos uno.

...He vuelto aquí para dejar no
solo mi dolor sino mi dicha,
dando espacio a algo que
siempre deseé...

Fue un momento en donde nos demostramos amor, porque eso era lo que sentíamos, amor incondicional, del que cada uno se llenó hasta que en silencio y como si lo hubiéramos practicado, nos paramos para volver a casa de Sofía. Ahí nos esperaban Dareck y Armand, que se habían perdido de ese momento del que hablamos el resto de la tarde.

Otro signo, así lo definí. Todo lo que pasó: a Sofía y el grupo. No debía pensar más en el pasado, eso debería quedar atrás.

El día llegó y no perdí ni un minuto. Salí como si alguien me estuviera esperando. La estación no estaba lejos, compré un tiquete y partí a Roma. El movimiento me hacía falta, estaba como estancada en mi hermoso paraíso, quería renovarme, cargar energías, ver cosas nuevas, sacudirme de mi nueva realidad.

Esta vez la estación era diferente, al igual que yo. Esta vez yo no escapaba sin tener idea de lo que buscaba. Aquí estaba todo claro, este era otro paso de los muchos que vendrían para descubrir algo más de mí. El trayecto fue hermoso, los paisajes, la luz…, estaba reviviendo algo en mí, creo que era el sentido aventurero que me impulsaba a romper la monotonía.

Salí de la estación directamente a Pratti el barrio donde me esperaba el estudio que me había regalado Tata y que tenía desde los 18 años. Era mi lugar preferido en el mundo, fue mi primer espacio íntimo, ahí aprendí a degustar el arte en todas sus expresiones y me enamoré para siempre de esta ciudad, que para mí es un laberinto lleno de sorpresas a descubrir. Ahora me veía como este hermoso lugar que florece en cada rincón, que sorprende al ser recorrido, que permite la ilusión del descubrimiento, decidí que esta vez lo recorrería con nuevos ojos, para lo que me puse en la tarea de hacer una guía de curiosidades.

Empecé por los lugares de interés comunes a todo el mundo, descubriendo lo que aunque siempre está ahí, nadie ha sido capaz de ver; era todo un reto, y por momentos sentía que me abrumaba el no encontrar las curiosidades que estaba buscando.

Accedí a todas las herramientas que tenía a la mano, y por último me acordé de un viejo amigo que había conocido en mis años como estudiante de italiano. En ese entonces, él era un padre, que compartió clases conmigo en el instituto para extranjeros, solíamos salir en las tardes después de clase a discutir sobre nuestras diferencias en temas religiosos, pero creo que al final él decidió que lo mejor era dejar de tener esas conversaciones que en realidad no nos llevaban a ninguna parte.

Lo llamé al teléfono que tenía de tiempo atrás y me sorprendió cómo me contestaron. Dijeron que mi amigo ahora era un monseñor, nada de extrañar, era tan comprometido y estudioso…, pero esto dificultaba un poco mi tarea, pues ahora para contactarlo tenía que pedir una especie de audiencia.

La cita no me la dieron tan lejos, sino para la misma semana; mientras tanto en un cuaderno seguía anotando mis curiosidades de Roma.

Llegado el día, me puse una falda, pues quería verme un poco más formal. Monseñor me recibió muy puntual en su despacho que parecía sacado de una de las estancias de Rafael, por todos lados hay arte, y no salía de mi asombro, ver a mi amigo ahí, tan imponente. Me sentí realmente intimidada en este espacio sagrado. Él, por su parte, fue un amor, como si ayer nos hubiéramos visto por última vez, no tuvo ningún formalismo conmigo, me saludó con un largo abrazo, y luego me observó como si viera algo nuevo en mí.

Hablamos del pasado, de lo que me traía de vuelta a Roma, y de la valiosa ayuda que requería de su parte.

La tarea que le propuse le gustó y me pidió que volviera en una semana para tener el tiempo necesario para recopilar información. Una semana se me hizo mucho tiempo, pero en fin, él tenía sus ahora importantísimas ocupaciones.

El tiempo voló mientras recorría esta maravillosa ciudad, la nueva iluminación que tenía desde el Jubileo la hacía casi irreal.

Al llegar una tarde al estudio encontré en mi contestadora un mensaje de Sofía que me decía que todo estaba bien en la villa, y que había dejado un vacío en el grupo. La sentí tranquila, su dulce voz me hizo bien, ahora parecía que ella era mi pasado inmediato, un pasado que yo reescribí y del que me sentía realmente orgullosa. Cambié mi pasado tortuoso, por este que podía ser mi pasado, mi presente y mi futuro si así lo decidía sin ningún temor.

Fui a donde mi amigo Francisco, que me recibió con mil datos escritos en perfecta caligrafía; sin embargo me los entregó con una condición: que tendríamos que hacer juntos el recorrido sugerido para descubrirlo. La idea era perfecta, ¿qué mejor en la sede de la Iglesia que tener como compañero a un monseñor?

Empezamos por los secretos que guardan muchas de las basílicas de esta ciudad, como la Basílica de San Pietro in Vincoli, donde no solo está el Moisés de Miguel Ángel y sus increíbles cuernos, sino las cadenas con las que el apóstol Pedro fue encadenado.

Recorrimos las estrellas grabadas en el piso de la nave central de la Basílica de San Pedro, encontramos los planos en forma de corazón de la Villa Bórghese, que pasó a ser para mí el parque más romántico del mundo con su reloj movido por agua. Fue una ruta sorprendente que terminamos en mi estudio tomándonos un vino, recordando viejos tiempos, contándome su proceso en la curia y lo gratificante que era estar en donde estaba.

La guía estaba llenándose de curiosidades cada vez más interesantes, fuentes desconocidas hasta ahora para mí, rituales románticos alrededor de ellas, fantasmas y supersticiones; son miles las posibilidades que hay para ver esta ciudad infinita en historia.

Francisco dejó un mensaje invitándome a una conferencia en La Galleria Borghese. Fui feliz, pues hablaron de la escultura de Bernini de Apolo y Daphne, salí extasiada. Caminamos mientras seguíamos comentando lo que acabábamos de oír, era tan enriquecedor hablar con él, estaba creciendo, Roma no dejaba de sorprenderme.

Estando en mi estudio, recibí una carta de uno de mis vecinos en que me preguntaba si estaba dispuesta a rentar mi espacio. Nunca lo había contemplado hasta ahora, y se me hizo buena la idea, pues mantenerlo abierto todo el año era tarea de titanes. Me reuní en la tarde con los posibles arrendatarios y me encantaron, eran una pareja de escritores que querían un espacio para trabajar durante un año, fue perfecto. Firmamos un contrato justo y me comprometí a entregarles el lugar en una semana, tiempo exacto para organizar mi siguiente viaje.

Cerré mi ciclo con una comida exquisita en un restaurante en el Trastevere con mi amigo Francisco, que prometió visitarme.

El tren se presentaba ante mis ojos como una oportunidad a descubrir, la próxima parada era el aeropuerto de Fuimicino; todo un mundo se abría frente a mí, podía y quería hacerlo, pero me paralicé, di un paso atrás y recordé, quién era y cómo quería ser recordada, por lo que volví a mi nueva construcción en la Toscana, ¿por qué escapar de la felicidad?, ¿en realidad no me sentía merecedora de esta nueva vida?. El temor a ser por fin feliz y no saber qué hacer con este sentimiento.

73

Reconocerme feliz y afortunada es un nuevo esquema que debo interiorizar para no perderlo nuevamente todo, el norte esta frente a mí, solo debo dirigir cada paso hacia él.

El primer paso es el regreso. El tren salió desocupado, solo iba yo como pasajera, lo que agradecí para así poder estar conmigo misma, ideando como desmontar mi imaginario, y lo que hasta hoy ha representado en mi vida.

Empecé mi deconstrucción mirando las capas que me conforman para decidir cuáles voy a conservar; es un proceso de reconocimiento importante para la estima, pero necesito más de un trayecto en tren para lograrlo, es un momento de profunda reflexión al que le daré el tiempo que requiera.

Tomé la línea larga, y aprovechando las cinco horas de viaje, vi lo bueno que me ha dado la vida, dejé la amargura que a veces me invade para darle paso al gozo. Vi también lo malo, porque los extremos han sido necesarios para encontrarme donde estoy, viéndome y reconstruyéndome.

El taxi me llevó directo a casa, las luces estaban apagadas, nadie me esperaba. Entré sin prisa, el silencio me acompañó esta primera noche, y caí rendida luego del viaje. Ya tendría tiempo para retomar las cosas, y por suerte, con la ayuda de Flavia y Vicente sería una tarea rápida y fácil.

Desperté con las caricias de Precioso, que me recibió con entusiasmo.

El sueño había sido realmente reparador, me arreglé y Flavia me sorprendió con el desayuno. Valoraba de una manera especial todo lo que ella hacía por mí, hablamos de mi viaje y le conté de Francisco; ella, por su lado, me trajo la correspondencia de esos días en que había estado fuera y me contó lo que había pasado en mi ausencia. Revisé detenidamente la correspondencia y encontré un sobre con lo que parecía un manuscrito, inmediatamente recordé el proyecto en el que había participado intermitentemente con mi "inspirador". Vi y reconocí mis pocos aportes, era para mí uno orgullo haber ayudado. Lo leí hasta terminar y al final había una nota de puño y letra de Dareck en donde me pedía que le llamara para celebrarlo.

No le hice esperar, le llamé de inmediato. Sentía que el tiempo había sido eterno y solo quería verlo, no lo disimulé. Mi emoción se percibía en el tono de mi voz y él lo sintió, por lo cual, respondió con la misma euforia que yo ponía en cada palabra. Al colgar, me sorprendió sentirme así, el que vendría era mi amigo Dareck pero me sentía diferente.

Le pedí a Flavia que preparara algo para el almuerzo, pues tendríamos un invitado, le dije que pusiera en la terraza del estanque la mesa con la vajilla azul cielo de flores. Todo debía

74

ser armonioso, puso a enfriar una botella de vino rose con la que recordé a tía Romy, a quien le encantaba…, tendría que sacar tiempo para saber de ella, era tan amorosa.

Volví a mi cuarto para ponerme algo más fresco.

Flavia entró para anunciarme la llegada de mi amigo, salí perfumada y con el imprescindible brillo en los labios, que parecía ser ahora mi sello personal. Él me miró fascinado, nos abrazamos como nunca antes lo habíamos hecho. Había un sentimiento nuevo aquí, al que nos entregamos sin hablar de él, nos sentamos en la sala donde solo nos acompañaba la brisa fresca.

Nos miramos mientras contábamos lo que había ocurrido en los días pasados, que coincidimos al sentir eternos… ¿Qué estaba pasando que había despertado este sentimiento en nosotros?

Almorzamos sin prisa, por fin pude verlo como realmente es, con su sonrisa descomplicada me hablaba de sus sueños; no era para nada pragmático y frío como creía recordarlo. Todo el tiempo jugaba con su mechón de pelo gris que rebelde caía sobre su frente, estaba feliz con su compañía.

75

Cómo no lo había visto antes, era tan especial…, pasamos al postre que compartimos. Era simplemente delicioso estar sintiendo esto nuevamente.

El embrujo de la tarde fue interrumpido por una llamada de Armand donde le pedía a Dareck que fuera por no sé qué a no sé dónde, yo lo miraba mientras hablaba. No quería perderme un minuto de su compañía, y él correspondía mi mirada; sin embargo, colgó y se despidió sin darme ninguna explicación de su repentina salida, volvimos a abrazarnos y sentí como su cuerpo envolvía el mío...

Me quedé tratando de explicar lo que sentía, pero era mejor sentir sin más. Sonó el teléfono y era Sofía, que como en viejos tiempos me invitaba a un concierto el viernes en la iglesia. Era como estar recorriendo mis pasos pero esta vez iba liviana.

La semana trascurrió en medio de mil tareas que terminar. Mi viaje a Roma había sido un alivio, pero por otro lado, se retrasaron las cosas en la villa. Tuve que viajar con Vicente a Florencia para hablar con los bancos. Almorzamos en nuestro restaurante favorito. La Piedra de Dante, donde comimos una ternera a la florentina, mientras hablamos de cómo iba el negocio familiar; el tema dio para que le preguntara por qué estaba a mi lado y él con su cara de duende bonachón me preguntó si de verdad no lo sabía. Inocente le dije que no y él pasó a explicarme que durante todo mi viaje, Papú desde la clandestinidad a través de muchas personas, había estado protegiéndome, pero dándome la libertad de ser. Me sentí confundida, pero al final vi el amor de Papú, y no lo juzgué. Ya no quería más discusiones, la verdad había entendido que no hay que controvertir todo, que cada cual debe responder por lo suyo y lo mío era ser yo.

Al volver, la carretera se me hizo eterna, estaba cansada, hacer las cosas contra reloj no era lo mío.

Viernes, casi no llega el esperado concierto, la iglesia estaba espléndida, con flores y velones que decoraban sobriamente el recinto preparado para hoy.

Al entrar, pude ver entre el público a todos los amigos de tertulia, los saludé desde lejos sin hacer ruido. La música me trasportó en el tiempo, o mejor, en el no tiempo en el que vivía ahora; con el Área 988, de las Variaciones Goldberg de Bach, levité. Todo parecía moverse a su ritmo, estaba viva, no quería despertar, quería seguir lo que la música sugería, pero llegó a su fin.

A la salida en la plaza, compartimos nuestra euforia frente a este único momento musical. Sofía estaba feliz del recibimiento que le dimos a esta orquesta, para ella, el arte era el alimento del alma y estaba dispuesta a invertir en él todo su tiempo y parte de su fortuna. Agnes aprovechó para invitarnos a tomar una copa en su casa, fue una tertulia improvisada de lo más amena, hablamos hasta altas horas de la noche y vi con gran alegría como Armand dedicaba toda su atención a Agnes, que para nada era indiferente, con este juego parecía que ella brillaba. Nos despedimos y Dareck se ofreció a llevarme, feliz me monté en su carro, aceleró y decidimos dar una vuelta antes de volver a casa.

La noche estaba fresca, como muchas de las que habíamos compartido. Lo miré mientras seguía el camino, estaba extasiado con la velocidad. Encontramos un paraje de ensueño, bajamos y nos acostamos en la hierba húmeda por el rocío de la noche.

Llegamos al amanecer, lo invité pasar, oímos música y poco a poco empecé a contarle acontecimientos de mi vida que sentí importantes. El por su parte, fue con más cautela. Vimos el amanecer desde la terraza, luego partió dejándome llena de él y su olor me acompañó todo el día.

Debíamos volver a Lucca. Nos fuimos temprano, yo aproveché para saludar a Alba, que estaba como siempre optimista con su pañoleta roja. Al verme, se puso feliz, me contó que Jacomo le había escrito sobre el éxito de su regalo, y observó a Dareck con una mirada cómplice, con la que me pedía que se lo presentara. En cinco minutos ya eran amigos, verlo interactuar me enamoró. Salimos, no sin antes parar por un vino, que en el afán habíamos olvidado en casa. Al acercanos algo se enfrió, nos abrió Roxana, siempre enamorada, pero esta vez me sabía culpable de la indiferencia de Dareck. Nos recibió y todo volvió a ser como antes, su mirada, mi sentimiento... y Dareck. Parecía que la vida estaba jugando conmigo, qué hacer con esto que sentía, la confusión me nublaba mi intelecto. La velada pasó sin que yo estuviera atenta, estaba tan abrumada que no participé del momento presente.

A veces las cosas, se salen del curso regular y ahí es donde se cruzan caminos que cambian el rumbo. Eso me estaba pasando.
Cómo entender qué mueve a la vida a hacer estos cambios inesperados, que dejan un vacío inevitable. Su presencia llena el espacio en donde se encuentra, pero ella parece no verlo, la vida con ella es llena de sorpresas.

Vive por espacios cortos pero intensos cada uno de sus proyectos, que a la vista son diferentes, pero al fijarnos, los une un fino hilo conductor.

-Es una mujer energética, pero no por ello deja de ser una persona en extremo femenina y frágil, fragilidad que invita a

79

protegerla, pero al final, el que debe protegerse es uno, pues con ella todo es un juego de tensiones.

La fascina lo desconocido, por lo que hay que mantener secretos que la invitan a acercarse aunque sea solo para descubrirlos y luego perder todo interés.

Es fascinante, pero al tenerla cerca me paralizo, creo que lo nota y se divierte de ver al efecto que ejerce en mí.

Sus ojos expresivos en ocasiones la delatan, la tristeza que esconden, pero sabe escabullirse para no permitir la entrada a quien la observa.

El miércoles de tertulia la propuse como tema de conversación, aprovechando su viaje intempestivo a Roma, para completar la imagen que hasta ahora tenía de ella…, y qué tema.

Empezamos por descubrir qué nos hacía sentirla tan nuestra, cuando en realidad era poco lo que sabíamos de ella.

Es una de esas personas a las que es difícil poner la edad, su estilo juvenil confunde a quien la ve, es irreverente pero respetuosa en extremo de los códigos para ella válidos, es de ideas firmes pero abierta a oír, siempre reflexiva. Decidimos que cada uno diría lo que este bello personaje era.

El tema nos dio para rato. Empezó Sofía, que la descubrió un día de otoño cuando por casualidad pasaba por la estación de tren en donde ella, con su saco gris, esperaba un taxi. Su imagen le llamó la atención y decidió averiguar quién era esta joven mujer de mirada perdida, lo que fue fácil, con la excusa del concierto, en donde se le acercó y encontró en ella una mujer adolorida, en la que poco a poco depositó su confianza, hasta sentirla parte de su vida. Cada vez la sorprendía con su ternura, era tan dulce, ella le había regalado su vitalidad a Sofía. Desde su llegada se sentía acompañada, y aunque no estaban todo el tiempo juntas, algo en su forma hacía saber que siempre estaría ahí para ella y la vida le había probado que así era.

Oír a Sofía me dejó sin palabras. Esta mujer ejemplar la consideraba especial, yo no era el único, y así lo pude ver a medida que cada uno la describía. Ninguno a pesar de todo, sabía más de lo que podía percibir, en realidad, había sido hermética respecto a su pasado y por lo visto, no había sido importante saber un poco más de nuestra enigmática amiga sino hasta ese momento en que se había ido.

James nos pudo ayudar un poco, ya que él conocía a su familia, más concretamente a su abuelo, del que nos habló. Eso nos puso en contexto, ahora sabíamos de su familia, que vivía en las afueras de Londres, eran aristócratas, filántropos y artistas en su mayoría, pertenecía a una familia de gran tradición y valores.

-La tarde pasó en minutos, descubrir más cosas hacía cada vez más interesante el rompecabezas que ella representaba para mí. Cada comentario era una ficha que hacía más clara la imagen que se estaba armando.-

Descubrirla se volvió motivante, tanto tiempo juntos y tan poca intimidad, o mejor, tanta intimidad con tan poco conocimiento.

El siguiente miércoles, Agnes aportó más datos, mostrándonos la parte humana de nuestra amiga, que en varias ocasiones compartió con ella las tardes de lectura a los ancianos. Me sorprendió como a casi todos saber de esta parte altruista. También nos dijo que tenía una intuición muy desarrollada que le ayudaba al momento de tomar decisiones y que la hacía saber quién era quién.

Al final, concluímos que era una buena persona que escondía un gran dolor que no le permitía abrirse de verdad a nada y a nadie, y que si volvía, intentaríamos acceder a ese secreto para darle un poco de lo que ella en este corto espacio de tiempo nos había dado.

Sofía nos contó que se había comunicado y que pronto estaría en casa. Pensamos en recibirla con una fiesta, pero no sabíamos realmente como eran los tiempos de ella, por lo que desistimos y preferimos dejarnos sorprender como nos había enseñado.

Flavia llamó a Sofía, como habíamos acordado, en el instante en que la vio, y ella avisó al grupo. Estábamos felices, nuestra vitalidad había llegado para llenarnos con sus ocurrencias. Yo no podía disimular mi felicidad de saberla cerca, tendría otra oportunidad.

De vuelta en casa, pero aún más confundida. Todo lo vivido con mi gran amigo Dareck me llevó a preguntarme si había llegado el momento de permitirme sentir de nuevo, pero, ¿por quién decidirme? Era irreal, por ahora, disfrutaría pensándolos; el mañana seguro me traería la claridad que tanto deseaba.

Me encontraba ansiosa por reunirme con todos de nuevo, para compartirles un nuevo proyecto: la guía de curiosidades que pondría en mi página de internet para ver que tanta aceptación tenía. La próxima tertulia sería donde Antoine.

Me tocó aplazar el encuentro con el grupo al resfriarme luego de un paseo con Precioso.

Mi cuerpo se recuperó y este tiempo en casa fue de gran ayuda para el proceso que empecé en el tren, me miré con otros ojos y vi a una mujer dispuesta a vivir. Feliz con mi determinación, empecé a planear un viaje a casa; quería reparar lo hecho a mis seres queridos, había entendido que ellos solo habían estado ahí, pero que no tenían la culpa de nada, y que con su amor habían recibido mi rabia como si con este gesto me eximieran de sentirla.

Le conté de mis planes a Jacomo, a quien llamaba con más frecuencia cada vez. Él me entendió y me animó a hacerlo, lo vio como la gran oportunidad de que yo misma me perdonara por todo lo vivido. Ahora tendría que ver cuál sería el mejor momento, pues la Navidad se acercaba y no quería dañar este tiempo tan importante para mi familia; la tradición hacía de este un espacio de reunión que no quería interrumpir presentándome luego de tanto tiempo.

Recordé la emoción de Papú, para él, era una época de felicidad infinita, se dedicaba en cuerpo y alma a hacer un pesebre con la ayuda del servicio, en el cuarto del tren, porque mi abuelo adora ser maquinista en sus ratos libres.

Por su lado, Tata disfrutaba planeando cada celebración con todos los detalles imaginados, de ella heredé la fascinación por atender bien: vajillas especiales para cada ocasión, floreros compañeros, todo es perfecto; además, como es generosa hace un listado de regalos de verdad, pensando en cada persona y en lo que le podría alegrar la vida, y lo busca. Hay tanta dicha en el ambiente que mejor espero.

85

Estaba decidida a celebrar esta Navidad, me prepararía investigando un poco sobre las costumbres de la región, pues para mí siempre ha sido importante hacer de cada cosa una oportunidad para descubrir algo que todavía no sé, es un proceso que me ha enriquecido durante los años, además, me ayuda a distraerme, porque todavía no tengo nada claro en relación a mis sentimientos.

Empecé mi búsqueda en Internet y la fui completando con detalles que me daban personas cercanas a mí, porque no todo era tan fácil de descubrir.

Flavia me fue de gran ayuda, además, gran parte de las tradiciones tienen que ver con la comida, labor en que ella se destaca.

Busqué entre las cajas que mi familia me había enviado para ver qué encontraba para arreglar por lo menos la sala y el comedor de la casa que serían los espacios donde se desarrollaría la fiesta.

Para mi sorpresa, había unas pocas pero bien tenidas cosas. El árbol, que es lo más importante, estaba perfecto para la casa. Con él llegó la Navidad.

Lo decoramos entre Sofía, Flavia y yo. Fuimos a las distintas ferias de Navidad de la región; estuvimos en Florencia en el mercado navideño, donde compramos mil cosas para arreglar la casa, mientras que degustábamos los más deliciosos platos. Pude ver en el recorrido los pesebres vivientes, eran realmente hermosos, y descubrí una cantidad inimaginable de costumbres, como la de Siena, que creo que fue la que más me impactó. Ellos prenden antorchas que realmente son fogatas de cinco metros de alto desde las siete de la noche del 24 de diciembre en cada uno de los barrios tradicionales, donde se reúnen orquestas y los párrocos imparten la bendición.

Me encantaría participar de esta tradición pero ese sería el día en el que yo invitaría a la gente.

Antoine nos invitó a su casa, donde es tradición ir el día 8 de diciembre.

Todo era mágico, el camino de entrada estaba delimitado con antorchas a distintos niveles, que a lo lejos daban la sensación de una ola de luz en movimiento.

Al entrar, a cada uno nos recibió con un candelabro de madera en forma de estrella con una vela blanca. La casa no tenía luz, todo lo iluminaban las velas. Comimos el famoso panforte de Siena, un turrón con sabor a almendra, fruta confitada, miel, canela, jengibre y clavos de olor. Hablamos alegremente, y por un instante me abstraje. Vi la alegría y yo estaba ahí, cautivada por mi interlocutor, que me sorprendió con sus historias de juventud. Rezamos a la virgen y en conjunto salimos a un bello altar en el jardín en la parte posterior de la casa; antes de salir aproveche para invitarlos a pasar el 24 en mi casa, casi todos aceptaron gustosos de inmediato.

Esa noche aprendí más tradiciones italianas, como que los regalos los trae la Befana, que es una vieja que vuela en su escoba y entra por las chimeneas a las casas. Aquí, como en el resto del mundo, los pobres niños son amenazados con la posibilidad de recibir carbón, si no se han portado bien, definitivamente hay cosas que nunca cambian.

Me hablaron del Bambinillo, que me hizo querer ser niña de nuevo y presentar mis deseos a la estatua del Santo Niño, para que con sus poderes milagrosos me evitara tener que enfrentar mi realidad.

Flavia me despertó para que hiciéramos una lista de lo que necesitábamos, yo feliz me dispuse a gozarme desde ya la celebración, me habló de mil platos deliciosos que pronosticaban una noche de maravilla, ahora me tocaba a mí pensar cómo iba a sorprender a mis invitados.

Para eso me acordé de lo que Tata hacía. Ella era tan detallista, que podría copiar alguna de sus cosas, pero nada cuadraba igual para todos.

Llegó el gran día. La casa estaba divina y todo preparado, yo me dispuse a arreglarme con todo el tiempo del mundo. Me bañé en una tina con sales, era como estar en un spa. Los cité a las ocho para que la noche no fuera eterna, pues la cena sería a las doce.

En la terraza pusimos los globos con helio, y en una canasta, los papeles amarillos y los esferos rojos, tradición que robé de Tata para mis invitados. Con el esfero rojo, ellos debían hacer una lista de cosas que querían, para que tuvieran la energía de este color y así lograrán hacerse realidad. La lista se amarraría al globo para luego, a las doce, en medio de los fuegos artificiales, dejarlo volar y esperar que lograra llegar a donde se hicieran realidad.

Preparamos también una bandeja con champaña para el brindis de media noche.

Alabaron mi gran árbol, era realmente imponente, lleno de luces blancas que iluminaban todo a su alrededor. Había un regalo para cada uno de los invitados pero la tarjeta tenía una nota que decía el nombre a quien se lo debían entregar: otra de mis cosas para hacer diferente algo tan normal.

Los primeros en llegar fueron Armand y Agnes, ella estaba elegantísima, vestida de negro y dorado, él la miraba fascinado; se sentaron en uno de los deliciosos sofás cerca de la chimenea, la sala se fue llenando y el ambiente fue cada vez más agradable. Yo me senté en el suelo para dar espacio a todos, les expliqué lo que íbamos a hacer cuando llegara el momento indicado, al unísono me pidieron el papel y el esfero, no querían perder ni un minuto en escribir todos sus deseos.

Flavia muy atenta paso dándole a cada uno lo suyo, solo se oía el crepitar de la madera quemándose y las canciones de Navidad. Estaban tan concentrados, que por un minuto pensé que realmente creían en la magia de este ejercicio. En el fondo, lo que más deseamos todos era creer.

El tiempo pasó entre picadas de comida deliciosa que Flavia nos ofrecía, unos raviolis fritos rellenos de salmón, que untábamos en una salsa rosada de no sé qué delicia; y unos mejillones en vinagre, cebolla y cilantro sobre unas canastas de plátano, un descubrimiento de uno de mis viajes a Suramérica y que tuve la precaución de pedir me enviaran por intermedio de un amigo de la embajada de Colombia en Roma.

Así pasaron las horas y sin darnos cuenta, el reloj de la guarnición en la chimenea empezó a tocar las doce campanadas que anunciaron la media noche. Todos nos pusimos de pie y con la champaña en la mano rápidamente abrimos la estrella que a la entrada les pusimos a cada uno en la solapa, en ella estaba el nombre de la primera persona que debían abrazar, salimos a la terraza donde ya estaban los globos y a la última campanada y en medio de un cielo iluminado por los fuegos artificiales, nos abrazamos, y enviamos nuestros deseos.

El amanecer nos sorprendió abriendo los regalos, en un gran alboroto, que terminó cuando Flavia nos invitó a pasar al comedor para recibir el día con un consomé y panes frescos. La mesa era totalmente diferente a la que nos había puesto para la maravillosa cena de Navidad, se estaba luciendo con sus cada vez mejores detalles.

En calma, cuando ya todo volvió a la normalidad, me puse como una niña a destapar mis regalos, esa era la recompensa por haber sido la anfitriona. Todos eran especiales, pero uno me llegó al alma, el de Flavia, su libro de cocina con todos los secretos que pone en sus manjares, era escrito por ella en un cuaderno donde se alcanzaban a ver las manchas del uso.

La vida pasa, y sin darnos cuenta, se logran superar etapas. El encontrarme de vuelta en Londres, ver la ciudad que dejé, su movimiento, reconocer los rincones llenos de recuerdos, los parques, la estación que me llevaba al final del día al apartamento, todo parecía haberse quedado estático durante el tiempo que me ausenté.

La lluvia me acompañó durante camino a casa, veía la carretera con sus inconfundibles paisajes y ese verde que solo existe en Inglaterra.

El olor me trasportó en el tiempo y recordé cuando de pequeña salía con mi hermano a cabalgar, para llegar luego a tomar un chocolate caliente con Tata no sin antes dejar las botas en la entrada, pues ella odiaba el barro dentro de la casa.

Veo ya la cerca de madera negra que delimita las tierras de mis abuelos, es irreal saberme tan cerca, el corazón se me acelera al pensar volverlos a ver. Espero que hayan recibido la carta y mi llegada no sea una sorpresa para nadie, porque es seguro que estarán todos.

La casa es estilo Tudor, sus paredes de piedra están manchadas con marcas de óxido que ha dejado el tiempo, y tiene partes cubiertas por enredadera. Los jardines que la anteceden son de hortensias de todos los colores. A la distancia, parece dispuesta para una foto, con su camino de gravilla amarilla que contrasta con los prados verdes que cruza.

Es inevitable sentirme nerviosa por este tan esperado y preparado encuentro; estarán todos menos él, por lo que sentiré el vacío que dejó.

Me esperaba Alfred, el viejo mayordomo, encargado de que todo funcionara como Tata deseaba. Fue muy emocionante verlo, me saludó con una sonrisa que llenó mi alma y apaciguó mi espíritu. El recibidor, como siempre, estaba con un florero gigante hecho en un potiche chino por Tata, ella tenía un don para combinar de la manera más exótica las flores, logrando unos arreglos espectaculares.

A lo lejos, oí un murmullo en el salón rosado, lo que me indicaba que ahí podría ser mi primer encuentro.

Pasé sin mucha prisa por la biblioteca, esperando no encontrar a alguien, pero ahí estaba sentada en su sillón rojo al lado de la ventana, me esperaba, seguro me había visto entrar. Verla me conmovió, hasta ese momento me di cuenta de la falta que me había hecho y de lo mucho que deseaba compartir con ella cada detalle de mi vida en este último tiempo. Sus ojos tiernos me miraron sin reproche alguno, estaba en casa, así me lo hizo sentir, además tenía su apoyo, ya no entraría sola, ella vendría conmigo.

Nos saludamos en silencio, con un abrazo que nos hizo una nuevamente. Me senté a sus pies y me sentí protegida, sus manos acariciaron mi pelo, como lo hacía cuando de niña venía a pasar el invierno en su compañía; no hablábamos solo nos sentíamos.

Antes de encontrarme con el resto de la familia, Tata me tranquilizó diciéndome que todos sabían de mi llegada y que lo habían tomado con gran felicidad. Yo seguía sin entender tanto amor después de mi funesta reacción, pero lo agradecí y me dispuse para verlos.

En la tarde tomaríamos el té en el salón verde, que para mí es el más acogedor de la casa; está en la parte de atrás y tiene unos ventanales enormes que dan al jardín de la fuente de las tortugas, inspirada en la que existe en el barrio judío de Roma.

Los sofás son de plumas y están atiborrados de cojines, todo entonado en verde. La chimenea estilo Tudor tiene un marco de arco de medio punto característico y su parte alta está adornada por un espejo de cristal de roca cóncavo que refleja el jardín, las lámparas son de cristal de Murano y tienen flores verdes y rosa viejo.

En uno de los extremos, frente a una ventana de doble altura que sobresale como una especie de balcón está el caballete de Tata, que ahora incursionó en la pintura. Las paredes están forradas con telas de arabescos verdes y rosa viejo.

La casa de los abuelos ha sido siempre un espacio en donde se refleja a la perfección a sus habitantes, cada habitación cuenta su historia, pues los abuelos decidieron decorarlas con objetos que ellos han ido coleccionando durante sus interminables viajes, porque son viajeros incansables. De ahí debe venir mi debilidad por estar en constante movimiento.

En mi cuarto volví en el tiempo y recordé de manera vívida cada instante, me vi en mis años universitarios, atareada con mis libros corriendo para llegar temprano a clase. Y ahí frente a mí estaba él, con su fantástica figura, su pelo alborotado y las gafas que le daban un aire intelectual. Nunca olvidaré el primer impacto que tuvo en mí.

Ese día, como cualquier otro, salí a la biblioteca para ampliar una información de la clase a la que acababa de asistir con Annett que era realmente exigente y dejaba claro que todo dependía del trabajo, que conceptos como genialidad e inspiración estaban ya revaluados en el arte, que solo a partir del esfuerzo se llega a cosas nuevas. Era retadora y siempre lograba sacar lo mejor en mí.

Esta etapa fue de grandes desafíos, que con mucho trabajo conseguí realizar. Me acuerdo de mi primer ensayo, lo releí más de mil veces, porque ella evaluaba haciéndonos leer en público.

Yo estaba aterrada, me trabé más de una vez, pero con las miradas cómplices de mis compañeros logré superar el impase y leer de corrido.

Las críticas no faltaron. Al siguiente ensayo me superé y así, con el tiempo, logré que me invitaran a producir textos para la universidad. Estaba feliz, pasaba las noches investigando para siempre sorprender con mis conceptos. Me sentía brillante, pero ahí volvía Anette, cada vez más exigente; ahora el reto era la primera exposición.

Yo empecé mi trabajo de grado con un estudio profundo, como todo lo mío en ese momento de la vida. Mi propuesta era sobre el valor del vacío en la escultura, y mi obra plástica la haría a partir de pliegues y curvas para demostrar lo expuesto por mí.

93

Trabajé arduamente buscando nuevos materiales y ahí lo volví a encontrar, él era maestro en bellas artes y estaba ayudando a uno de sus pupilos en una investigación que nos reunió en la misma fábrica. Lo vi entrar, él miró sin atención; sin embargo, cuando empecé a preguntar sobre los materiales que me ofrecían, parece que mi intervención capturó su atención.

Salimos juntos y me preguntó si era de la misma universidad, hablamos y se interesó por ver mi proyecto, diciéndome que si era interesante me ayudaría con la sala de exposición.

Y así lo hizo, me permitió exponer en una de las salas de su magnífica galería, estaba en la zona de Cork Street en el West End, Hackeney, Hoxton y Shoredicht.

Todo iba perfecto, mi familia estaba orgullosa de mi desarrollo como artista, era la primera vez que no me apoyaba en ellos para lograr mis propósitos y esta galería era increíble.

94

Durante la inauguración conocieron a mi mecenas, él era realmente encantador, conocía a tío Carlos, pues habían estudiado en el mismo colegio.

Me gradué y empecé a trabajar en la galería, cada vez estaba más tiempo con él, para descontento de mi familia. A ellos no les gustaba la diferencia de edad, además, en ese tiempo yo había cambiado, había sucumbido a su encanto y parecía que en el proceso me había perdido.

Mi vida desapareció frente a la de él, sus necesidades fueron las mías, y me alejé de la familia.

Una Navidad en casa de los abuelos, se reunieron conmigo y me hablaron de lo que veían, yo estaba ciega. Sin embargo, me lo tomé como una intromisión en mi vida que no estaba dispuesta a permitir.

Ahí empezó todo el malestar, los encuentros fueron cada vez más fuertes, ellos se consumían en su angustia viendo lo que yo vivía, sin poder hacer nada. Cada vez estaba peor.

Alex era realmente maltratador. Su indiferencia y sus comentarios despectivos hacia mí me llevaron a vivir una soledad infinita, que no tenía cómo llenar porque ante el mundo él estaba ahí para mí y yo no lo quería desmentir.

Los días pasaron dejándome cada vez más triste. Mi estima desapareció, empecé a sentirme invisible, no hacia nada sin su aprobación.

Estaba perdiéndome en una lucha que no iba a ganar, así lo sentía, pero la dependencia que había generado por Alex era tan poderosa que no me permitía moverme.

Vivía en una total disociación de mente y espíritu, estaba débil, pero ante mi familia era fuerte, no dejaba espacio para su ayuda, cada vez los alejaba más con mis comentarios ácidos, que ellos en su amor toleraban, y en silencio se alejaban.

La indiferencia dolía, pero la neurosis asustaba, esos ataques de rabia sin razón, gritos en cada discusión, y luego la depresión.

No sabía cómo manejarlo, su negatividad lo impregnaba todo, cada proyecto, cada ilusión y, por último, mató en mí la fe en la vida, todo parecía inalcanzable. Era pesado hasta respirar, la escasez invadió mi alma.

Mi familia, ante los hechos, decidió presionarme aun más, planteándome la posibilidad de dejarme sin ayuda si insistía en mi idea de compartir la vida con un ser que no me había dado más que dolor.

Me hablaron de mi salud y cómo esta era el reflejo de mis dolores. Yo todo lo negaba, pero en el fondo, comprendía que a mi pesar esa era mi realidad y que de seguir así, tendría que asumir el resultado, porque en la vida todo tiene consecuencias.

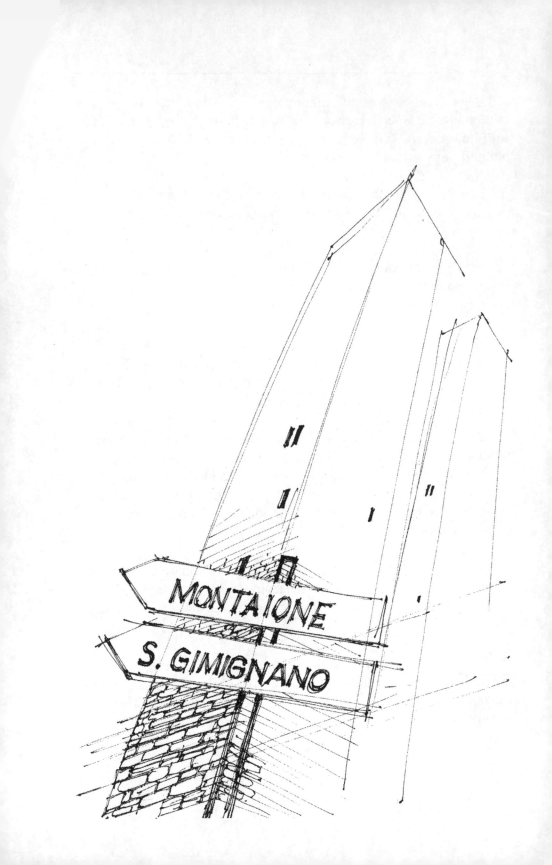

Las palabras de mis seres queridos fueron proféticas. A los pocos días de la visita de mí familia, visiblemente enferma, me encontré con el médico para que me diera un concepto de algo que había palpado una semana atrás.

Era una protuberancia en el lado izquierdo de mi estómago, no dolía, pero ahí estaba. Al sentirla, pasó a hacerme unos análisis.

Ese fue un tiempo de gran zozobra, en las noches me despertaba agitada, creía no tener la fuerza para soportarlo.

Los resultados llegaron y no fueron lo que yo quería, pero sí lo que esperaba. La operación no podía dilatarse, busqué apoyo en Alex y como siempre, me desilusionó. Me avisó de un viaje que tenía para esos días que le impedía acompañarme.

Acudí a tía Rommy, quien al oír la noticia se deshizo en lágrimas. Mi realidad la aterraba, no fue la ayuda que imaginé. La tuve que consolar, ahora yo era la fuerte. Hace tanto que no me sentía capaz de nada, que este simple evento me reconfortó.

Por último saqué fuerzas para hablar con Tata, que desde la perdida de mis padres, con papú eran mi familia.

Estuvieron conmigo en todo el proceso doloroso y cruel, que Alex hizo aun más difícil, con sus constantes desplantes con mi familia.

Con todo ésto no me permití hacer mi duelo, porque perder una parte de tu ser es....

Desperté de mis recuerdos cuando Alfred golpeó sutilmente la puerta, para recordarme que me esperaban abajo. Mi corazón saltó, y bajé al encuentro de mi redención.

Estaban todos y al entrar me miraron sorprendidos. Era otra, estaba radiante a pesar de mi terror. Mi hermano me miraba como si estuviera viendo a un fantasma, él siempre había sido trasparente en sus emociones que dejaba ver sin problema. Tía Rommy me abrazó aligerando la tensión que había en el ambiente y con sus ojos sonrientes, me invitó a sentarme. Tío Carlos guiñó el ojo cómplice, y Papú con su vozarrona pidió a Alfred que trajera champaña para brindar por mi regreso. Me sentí tan agradecida con todos, que tomé aire y con una humildad que no creí tener, les pedí a cada uno perdón por el sufrimiento al que los había expuesto en este espacio de mi vida, una vida en la que ellos habían sido siempre mi motor y soporte, cosas que solo la distancia me había permitido reconocer.

En la tarde hablé con cada uno y les conté de este último tiempo en Italia. Ellos escuchaban sorprendidos y empezaron a organizar un viaje para visitarme, al que irían todos, pues aquí solo estaba la familia primaria, nada de cuñados, sobrinos ni novios. Tía Rommy tenía un nuevo amor alemán que había conocido en Venecia cuando acompañó a Papú, era un comerciante especializado en arte contemporáneo.

Tendría que organizar el recibimiento de mi familia en Villa Rosa, me preguntaron detalles para poder ubicarme en algún lugar, les mostré fotos, la propiedad era fascinante para ellos.

Me quedé hasta el final del invierno con mi familia disfruté de mis abuelos cada instante y, volví a cabalgar como cuando era niña, con mi hermano. Pasé tardes enteras en el estudio de Papú, donde retomé mi arte; crear estar con los materiales, sumergirme entre los colores me daba vida.

En este tiempo me reencontré con varios amigos en diferentes eventos que organizaron mis abuelos por mi regreso. Con gente de la facultad, organicé un nuevo proyecto en el que ideamos unas conferencias sobre la importancia de la mujer en el arte, investigamos exhaustivamente, y encontramos varios ejemplos, que tomamos como base; una idea condujo a otra, hicimos unas memorias que daríamos como parte del paquete a los asistentes, a los que no tendría oportunidad de conocer, pues las conferencias se programaron para el verano y en esa época recibiría a mí familia en Italia. Era un tiempo ideal, todos podrían asistir sin interrumpir sus diferentes actividades.

Mi familia era muy activa. Tío Carlos con sus fundaciones y los eventos que eso conlleva.

Tía Rommy con su galería. Tata y los jardines de su importante empresa de paisajismo que en Inglaterra no es nada fácil, aquí los jardines son algo muy apreciado.

Mi hermano con su automovilismo, él tiene una tienda de Jaguar en Londres y como *hobbie* participa en *ralies* alrededor del mundo.

Redescubrir mi mundo me dio seguridad, me sentía enamorada de la vida, creo que la llegada de la primavera estaba haciéndome sentir eufórica, quería volver para ver su esplendor.

En la noche hablé con Jacomo sobre los sucesos y él celebró con gozo mi triunfo sobre el miedo pues, según él todo había empezado por mi miedo a enfrentar, primero a Alex y, luego mi realidad después de su pérdida y la tristeza que deja la muerte.

La de Alex fue una muerte anunciada, sus depresiones, la neurosis que lo empeoraba todo y por último su negatividad. Era una mezcla explosiva que al perfeccionarse desembocó en lo acontecido. Hablarlo me ayuda, Jacomo era el único que entendía mi dolor, él era nuestro amigo, compartió lo bueno y lo malo, porque Alex no siempre fue así, yo no era una masoquista, sus ratos buenos eran tan intensos que me daban la fuerza para seguir, pero en fin, hay cosas que están escritas y la muerte es una de ellas.

Recordé como una tarde de invierno, más gris que de costumbre, luego de visitar el taller de un nuevo artista al que queríamos manejar, sentí a Alex realmente extraño. En su voz no había vida, su cara reflejaba una angustia que no podía comprender, pero yo ya cansada, no le di importancia; lo vi como otro de sus episodios de depresión y sin más, lo dejé pasar. Hoy al mirar atrás, la culpa que me acompañó tantos años ya no está. He comprendido que hay cosas que cada cual decide y esta fue su decisión.

Yo sentí su partida, mi vida perdió sentido, solo quería encontrar un culpable, y para eso mi familia fue perfecta, ellos pagaron por su debilidad.

Todo fue tan repentino… verme envuelta en este dolor, nunca imaginé que lo soportaría y que algún día podría hablar con la calma que lo hago hoy.

Ese tiempo de confusión y soledad me llevó a la quietud que nunca ha sido de mi agrado. Desde niña, el movimiento me llevó a cosas increíbles, me abrió el mundo y sus secretos que me dieron recuerdos y vivencias a las que me aferré para sobrellevar mi dolor.

Jacomo cambió el tema de la manera más sutil y me contó de su próxima misión. Yo lo oía sin mucho interés, el haber recordado me había dejado extenuada, ya quería dejarlo todo atrás.

En la noche, después de la comida, decidí planear la forma de hacer un cierre definitivo con Alex.

Escribí una carta en donde le agradecí lo que me dio y le perdoné por el dolor que me causó su muerte, y al final, frente a la chimenea, le dije adiós para siempre, viendo como desaparecía su imagen en el fuego.

El clima cada vez estaba mejor, hoy vendrían mis tíos a un almuerzo por el cumpleaños de Papú. No me refiero a Carlos y Rommy, porque ellos son los hermanos de Papú, que por ese raro cruce del destino en que mi hermano y yo pasamos a ser hijos de los abuelos, para mí es frecuente confundir identidades y roles en mi familia.

Mi mamá Cristina era la hija mayor de los abuelos, murió en un accidente con papá, y nos dejó pequeños a cargo de los abuelos, que fueron y han sido los mejores padres que uno pueda imaginar.

Ellos nos recibieron cuando tenían la vida ya definida, sabían qué hacían. Mis tíos pasaron a ser los hermanos mayores, eran amorosos, pero en ocasiones, podían ser crueles .Estos tíos son lo que nos acompañarán hoy. Son cuatro hombres, adorables y bulliciosos.

El encuentro fue secreto para sorprender al abuelo, la reunión salió perfecta, y él estuvo feliz entre su familia, estábamos todos: sobrinos nietos, todos.

El ambiente es tan acogedor y amable que me da pena dejarlos, aunque sé que pronto vendrán a conocer mi nueva vida, de la cual estoy más segura cada día.

Crecer es la única opción, pero si a uno le quitaran tanta arandela, uno crecería con más naturalidad, y no sería una lucha permanente. Todo tiene su valor, pero éste no siempre implica un costo. Entenderlo ayuda a abrir caminos, las expectativas cada vez son más grandes, todo se puede si realmente se quiere, y al final, sentirse dueño de la vida, ser capaz es el mayor premio, poder es grandioso.

Mi viaje está cerca, pero debo ir primero con el novio de tía Rommy, que se interesó en mi nueva obra, la parte conceptual lo cautivó, ahora quería ver el desarrollo plástico, estaba usando la fotografía como medio, mezclando de manera atrevida estilos y técnicas.

Me propuso manejar mi obra, yo solo tendría que cumplir con unos mínimos requerimientos de producción, lo que sentí justo. Eso me llevó a pensar en dónde haría mi taller en Italia; había espacio, pero tenía unas necesidades de luz que tendría que estudiar, buscar mis materiales sería una tarea ardua, pero no imposible.

Pasé la tarde empacando las pocas cosas que quedaban en el apartamento de Londres, era hora de cerrarlo.

El cierre fue una ceremonia donde limpié el espacio, encendí incienso, toqué la campana en los rincones escondidos y moví la energía con el "om" de fondo. Terminé rendida, sentada en el suelo, mientras esperaba el camión que llevaría las cosas a mi casa en Italia.

Cerrar ciclos es la mejor medicina para el dolor, cuando las cosas llegan a su fin, hay que soltarlas.

El apartamento de Londres era de mis abuelos y decidieron venderlo, para ellos también era un motivo de tristeza que querían dejar atrás.

La despedida fue toda una fiesta llena de risas y buenos deseos. Yo hablé con Tata de lo que me esperaba y ella me dijo que solo me dejara sorprender, que los hechos iban tomando el curso y que la mayoría de las veces, la vida tenía claro lo que había que vivir. Me pidió que me permitiera más, que diera paso a lo desconocido, me dijo que planear tanto lo dañaba todo.

Me acosté con el propósito de liberarme, pensé en Dareck, su mirada y su mechón rebelde gris, ¿Qué estaría él pensando?, ¿qué sentiría?, pero recordé que no debía ocuparme de un futuro del que solo me debía dejar sorprender.

Durante el vuelo de regreso organicé mi agenda, revisé los datos de las personas que recuperé, y al hacerlo, me sorprendí recordando a Claudia, mi amiga francesa que ahora está en el camino espiritual, recordé lo mundanas que algún día fuimos y vi el cambio radical que la espiritualidad había hecho en su vida.

Camboya, el solo nombre es fascinante, y lo que ella describe lo es aún más, soñé con estar ahí, atravesando el río Mekong, recorriendo los templos budistas, como el magnífico de Angkor, cerca de la ciudad de SiemRiep, viendo el lago Sap conocido como el mayor del sudeste asiático, y asimilando esta ajena cultura. Me encantaría visitarla en abril para poder festejar el año nuevo budista, del que he leído tanto, disfrutar del primer día del año celebrando el Maja Song y ofrecer velas e inciensos en los altares budistas, estrenando ropa, postrándome tres veces, y bañándome en agua bendita por respeto a Buda.

El segundo día del año, VIrak Wanabat, es el día de la caridad, por lo tanto, haría ofrendas. Y por último, el tercer día, Tngay Lean Saka, que es realmente conmovedor, observaría cómo los jóvenes lavan y perfuman a los mayores, agradeciéndoles con este gesto todo lo que han recibido de ellos y oran por su salud; es la forma que tienen de devolver esa dedicación y amor que les fue dado por esos seres hoy mayores, y desearles longevidad.

Roma está con su luz magnífica de siempre, me encantaría descansar un rato pero sin mi estudio disponible no era tan fácil improvisar mi itinerario.

Aprovecharé en el tren de regreso a casa, para escribirte a Claudia, porque me vendría bien un espacio de meditación luego de tantos cierres, un tiempo libre en donde reencontrarme con mi ser espiritual, ya lo siento como otra etapa más para mi proceso de reconocimiento, ahora debo integrar una a una las partes que me conforman.

105

La vida es generosa al darnos amigos. La respuesta de Claudia fue inmediata, ponía a disposición su casa, y me ayudaría a inscribirme en un retiro budista en donde estaríamos juntas.

Ella emocionada por nuestro próximo encuentro me empezó a mandar correos explicándome a lo que nos aventuraríamos. Describió lo que haríamos, estaríamos ante la presencia de un maestro de luz que produciría en nuestros cuerpos un cambio molecular que haría avanzar nuestro espíritu. Al leer esto me sentí extraña. Luego pasó a describir el espacio como un lugar apartado, natural y callado, para, a través de la contemplación, acallar nuestras mentes y simplificar al máximo nuestras necesidades al ponernos en contacto con nosotras mismas en silencio. Claudia me aclaró que no era necesario ser budista para vivir esta experiencia contemplativa, en donde al final se logra una transformación de mente y corazón.

Mi cabeza estaba llena de información y quería acallarla un rato, pero me era imposible, estaba tan emocionada con volver…, llegué por fin después de mil paradas a mi adorada casa.

Flavia, las flores, Vicente, el estanque, la torre, qué feliz me sentía de tenerlo todo aquí, el paisaje reflejaba la llegada de la primavera.

La casa era el espacio que necesitaba para ordenar mis ideas, ahora debería dejarme sorprender, como dijo Tata, y llamarla como era nuestra costumbre para avisarles del buen regreso a casa que había tenido.

Oírla con su buen humor, contándome de los sucesos del día me devolvió a mi rutina, colgué y llamé a Sofía y la invité a tomar un té con Agnes.

Llegaron puntuales trayendo las deliciosas galletas de naranja de la señora de Siena, y las perugginas que me encantan, les conté de detalles de los ciclos que cerré en mi viaje, hablé de mi familia y de mi próximo destino: Camboya, al que sin miramientos se enlistaron.

Por lo visto, iba a ser un encuentro espiritual total. Les prometí hablar con Claudia para que arreglara todo los pormenores de nuestro viaje.

Ellas, por su lado, agradecieron mi confianza al abrirles mi corazón contándoles cosas de mi vida que hasta entonces solo habían intuido y de las que ellos durante mi viaje a Roma habían especulado.

Me los imaginaba tratando de descifrarme, lo que debió ser casi imposible, pues ni yo había logrado hacerlo.

Me contaron lo que cada uno dijo, y me encantó saber lo que proyectaba. Ser enigmática me gustaba, pero prefería ser yo, frente a ellos, me recibieron de una manera tan franca. Además, más pronto de lo que pensaba se iban a reunir en un solo espacio las dos vidas que he vivido, me moría por saber cómo iba a resultar, pero fiel a mi Tata no me anticiparía y dejaría que todo siguiera su curso natural.

Me ocupé buscando dentro de la casa un espacio para el estudio y definitivamente no lo encontré, ninguno lograba ser ideal para este fin.

La solución llegó al recordar los planos que Papú había hecho para mí cuando era pequeña, se trataba de una jaula gigante para el jardín donde yo tendría mi lugar secreto, nunca la hicimos, pero yo tenía los planos guardados en el piso falso de mi armario. Solo tenía que pedirle a Tata que me los enviara, y así lo hice.

Los recogí en el correo del pueblo. Llegaron empacados en un tubo, los miré y empecé la búsqueda de un herrero que hiciera el trabajo. Eso llenó mis días, decidí registrar fotográficamente el proceso. Este sería mi aporte a la propiedad. Al final, se veía a lo lejos como una jaula de cristal.

Dispuse todas mis cosas y empecé a trabajar, las horas dejaron de tener sentido para mí, los días los pasé soñando en mi hermosa jaula, el trabajo fluía. Era un tiempo de creación, enviaba lo producido de inmediato a Londres, en donde sería expuesto, para luego ser subastado.

La vida había dado un vuelco total, las cosas no podían estar mejor, me reconcilié con todo y con todos y di gracias por la justicia, porque así lo vi: justicia cósmica.

Durante los momentos de descanso de estos arduos días de trabajo solo pensaba en ellos, y como una niña soñaba que ellos pensaban en mí también, pero no hice nada, todo se quedó en pensamientos. Creo que tenía miedo de sentir, los extrañaba.

Sonó el teléfono a una hora inesperada, no era consciente del tiempo, pero sabía que era tarde en la noche. Contesté con voz ronca, pues no había hablado ni una sola vez en el día, parecía que estaba practicando para el tiempo de silencio que viviría en Camboya.

Era él, sentí que mi cuerpo completo se erizó, y hubo un minuto de silencio antes de que empezáramos a hablar torpemente al tiempo. Al final, la risa nos sacó adelante; burlarse de uno mismo es realmente sano. Me habló del fin de su proyecto y del lanzamiento del libro, por lo que ya no tendría que vivir permanentemente en Lucca. Me entristeció pensarlo lejos, aunque en realidad, era poco lo que había visto en este tiempo.

Me invitó al lanzamiento, sería en una semana y lo harían en uno de los lujosos salones del Hotel de Russie, en Roma.

La invitación era tentadora, pero ahora tendría que pensar en dónde me quedaría, mi estudio cómo me serviría ahora, y como si me leyera el pensamiento, me dijo que me invitaba a compartir la suite que estaba reservada para él. Me dejó literalmente sin palabras, pero al final accedí. Qué podría pasar, si ya me había aclarado que entre nosotros no había nada o así lo recordaba yo.

Quedé realmente desconcertada, no lograba salir de mi asombro, esta llamada avivó mi deseo de verlo, tenerlo nuevamente frente a mí.

Llamé al otro día a Tata para ponerla al día de los acontecimientos, ella estaba más sorprendida que yo. Nunca, ni en el más loco sueño, habríamos previsto esta invitación así, de la nada, como si nos hubiéramos visto ayer; pero llegó y debía ir. Las cosas suceden por algo.

Arreglé lo que llevaría más de mil veces, hasta que al final decidí dejar lo que había puesto en la maleta y no revisar más.

Habría dos eventos: la presentación del libro y la de prensa, según me explicó, yo lo acompañaría a los dos.

En el día, él atendería a colegas y periodistas, así que nos reuniríamos solo al almuerzo. Todo parecía organizado, pero me causó curiosidad saber que nos encontraríamos en Roma, en una *trattoria* del barrio Judío. ¿Qué haría con mi maleta? Sería realmente incómodo para mí, pero si él lo quería así, así sería.

Le hablé a Sofía de mi viaje relámpago y solo respondió con una sonrisa cómplice, me emocioné por lo que vendría, pero sin ilusionarme más de lo debido.

Salí en el vuelo reservado por él, del que con tiempo me había informado. El viaje fue agradable, pero la ansiedad se fue apoderando poco a poco de mí.

Me preguntaba qué estaba haciendo yo ahí. Llegué y tomé el taxi que me llevaría a la *trattoria*. Ya estaban prendiendo las luces que le dan ese toque romántico a la ciudad, se veía el cielo azul rojizo de fondo... ¿qué más podía pedir?

Al llegar, lo busqué entre la gente y por un momento sentí pánico al no verlo ahí. Era un sentimiento de abandono que tenía tan arraigado, que con cualquier cosa se disparaba. Pero no, ahí estaba en la barra, de espaldas a mí; tenía la camisa de cuadros azules.

Lo miré un rato antes de acercarme, quería verlo actuar, pero se volteó como si me sintiera, se paró para salir a mi encuentro, nos abrazamos como si no hubiera trascurrido el tiempo desde la última vez que estuvimos juntos. Pasamos a la mesa reservada en la terraza, ahí nos esperaba un vino de la casa con unos suplís, me sorprendió que se acordara de lo mucho que me gustaban.

Nos sentamos y llamó a un señor que llevaría nuestras maletas al hotel mientras comíamos.

Le relaté de manera minuciosa lo sucedido en Londres; me gustó ver la expresión en su cara, estaba realmente oyéndome con atención, me hizo sentir comprendida.

Tranquilos nos dejamos llevar por la noche, el pasó su brazo por mi espalda durante una improvisada serenata.

Salimos sin afán, la noche estaba fresca y durante el camino disfrutamos de la ciudad y el esplendor de los monumentos iluminados. Hablamos de mi viaje a Camboya, él me contó de su experiencia en este país, y me dio consejos que traté de memorizar mientras recorríamos las calles que parecían tramos de un laberinto.

Paramos en la Plaza del Pueblo y miramos a la gente pasar. Le pregunté si ahora me contaría más de su vida, ya que en realidad era poco lo que sabía de él.

Empezó por decirme que después del libro que había escrito, sentía que debía hacer un receso antes de empezar su nuevo proyecto. Aprovecharía para ordenar sus ideas, implementando lo que había descubierto en este tiempo. Esto me dio esperanzas porque habría una posibilidad de que siguiera en Lucca.

Habló de Berlín como una ciudad maravillosa con sus increíbles museos de los cuales era un asiduo visitante, oír sus descripciones me hacía sentir que veía lo que él había visto. Su conversación era tan interesante, que con cada relato supe un poco más de él. Vi su humanidad aflorar poco a poco.

En un momento de nuestra conversación sentí que podía adentrarme en su vida personal. Ya que hasta ahora no había tocado el tema, empecé preguntando por su familia, que describió como una familia de científicos en su mayoría; y sin que yo insistiera mucho, me contó que no siempre había estado solo, que su vida había sido una cadena de acontecimientos que al entrelazarse lo habían empujado de manera involuntaria a donde se encontraba hoy. Al hacerlo, truncó el rumbo, dejó de lado a una mujer que había amado, se perdió al dedicarse a su carrera y a los logros que con ella cosechaba.

Había nostalgia en sus palabras. Vi por un momento la realidad, todos tenemos un dolor escondido. Fue reconfortante saber que estábamos en el mismo nivel, él sabía de mí y yo por fin sabía algo más de él.

La suite era un apartamento con una sala que unía dos cuartos. Descansé porque en realidad, sentía que había todavía mucho por vivir, quería esta vez hacer las cosas bien.

Desperté con el ruido que mi compañero de cuarto hizo, por lo que sin aviso me aparecí para ofrecerle mi ayuda, claramente lo sorprendí al presentarme en mi camisa de dormir. Nos saludamos con un delicioso abrazo y pasé a acomodarle la corbata, al mirarlo sentí la fuerza del sentimiento que despertaba este hombre en mí. Salió no sin antes darme un beso de despedida.

Tras cerrar la puerta, me invadió una cálida sensación que me acompañó por el resto de día. Aproveché para encontrarme con Francisco, con el que compartí lo que me estaba pasando; sin embargo, él no se sorprendió.

La presentación del libro fue bastante formal para mí, lo cual evidenció la diferencia de nuestros mundos. Tratar de encontrar un punto común sería iniciar una batalla perdida, pero cuando lo pensé mejor, decidí darle una oportunidad a la vida. A la distancia, vi cómo me llamaba para que lo acompañara, me sentí orgullosa de compartir este momento con él.

Caminamos por Roma cogidos de la mano, fue un gesto natural que disfruté con tranquilidad, sin preguntarme ni por un minuto cuál sería la consecuencia del mismo, pues entendí la importancia de vivir el momento. Sentíamos la intensidad de saber único este instante, todo adquirió otro tono entre nosotros; el sentirme amada sin condición ni compromiso era liberador, Vi que solo necesitaba esto para permitirme sentir, sabiendo única y finita cada caricia, cada beso. Todo en él estaba dispuesto para darme lo que tanto había añorado en mis días de soledad, me admiraba, me comprendía y me permitió ser; fue un amante generoso, no guardó nada para después. La intensidad es como un filtro que todo lo embellece.

Me levanté, sintiendo que todo era irreal, pero ahí estaba, recostado a mi lado, mirándome con la más dulce expresión.

La mañana pasó en calma mientras hacíamos las maletas en silencio, un silencio que por momentos pensé que no podría soportar, pero lo hice respetando su ensimismamiento.

Nos despedimos, y al hacerlo, prometimos vernos pronto, luego de que él cumpliera una gira que planearon los editores como estrategia publicitaria.

Viajaría a Estados Unidos para dar unas conferencias y firmar algunos libros, sería una correría que duraría un par de meses, que yo sentía como si fueran años.

Volví con la ilusión de emprender mi viaje a Camboya, lo que haria más corto el tiempo en que estaríamos separados.

Mi vida estaba cambiando, permitirme ser había dado sus frutos. En el trabajo estaba más inspirada que de costumbre, mi creatividad florecía como yo; él me hacía feliz, su recuerdo llenaba mi tiempo.

Una tarde, mientras finiquitábamos los últimos pormenores de nuestro viaje con Sofía y Agnes, recibí en mi torre la visita de Dareck. Se veía espléndido con sus canas brillantes, me dio dicha verlo de nuevo como el amigo que siempre fue, aunque no estaba segura de si él tenía la misma claridad que yo respecto a nuestra relación.

Hablamos de nuestro viaje y nos miró con escepticismo; mientras jugaba con su rebelde mechón de pelo, preguntó qué sería de las tertulias mientras estuviéramos fuera. Sofía le sugirió que se encargara de congregar a los miembros que estuvieran por esos días, y él accedió gustoso.

Al entrar la noche Agnes y Sofía se fueron despidiendo, hasta que quedamos solos Dareck y yo, y sin perder tiempo, me dejó saber que sabía de mi estadía en Roma. No pude descifrar el tono de sus palabras, pero las aproveché para aclarar lo que para mí significaba nuestra relación, me liberé del peso que había cargado por días al recuperar a mi amigo del alma.

Los días trascurrieron entre llamadas que esperaba ansiosa. La diferencia de horarios hacía insoportable la espera, pero al final, sentirlo borraba todo lo malo. Él me hablaba de sus vivencias, y me decía que contaba los días para volver; abriría nuevamente su casa en Lucca cuando regresara.

Lo sentía conmigo, nuestras conversaciones cada vez eran más íntimas, lo que nos permitió mantener el deseo vivo.

Camboya, fue más que una experiencia espiritual, reencontrar a Claudia y compartir con ella, hizo nuestra estadía inolvidable.

De vuelta en casa las cosas no podían estar mejor, reanudamos las tertulias y abordamos la espiritualidad como tema de las mismas. Lo que aportamos con nuestro viaje fue invalorable, las reuniones eran interminables, y el tema dio para tantas y diversas posiciones que fue realmente enriquecedor.

Dediqué los días libres a mi trabajo y a escribir cartas de amor que nunca me decidí a enviar. Era mi forma de canalizar todas las emociones que tenía dentro.

El verano se acerca y con él, la llegada de mis seres más queridos. La fiesta, postergada por tanto tiempo, se estaba planeando con todos los detalles. Flavia estaba radiante al ver su sueño hecho realidad: atendería un banquete y no cualquier banquete, era el banquete en donde celebraríamos la vida.

Se enviaron las invitaciones con el tiempo prudente para ser respondidas, habría gente llegando de todas las latitudes, por lo que necesitaríamos acudir a la hospitalidad de más de uno de mis amigos de la zona para acomodar a los comensales.

Una tarde, mientras tomaba un descanso, sucumbí a mi deseo de imaginar cómo sería el encuentro de mi pasado, mi presente y mi futuro, y para mi sorpresa, no sentí el temor que me solía acompañar.

Había cambiado, era otra, creía nuevamente en la vida, y agradecía conscientemente cada instante vivido hasta hoy. Nada tendría sentido sin haber recorrido el camino que recorrí, cada encuentro, cada vivencia fue un signo que me indicó el camino. Seguirlo no fue fácil, aunque encontré amigos, que fueron como regalos en momentos donde la carga parecía insoportable.

Se abrieron y cerraron puertas, se tomaron decisiones duras que dejaron cicatrices en el alma como evidencia de una vida asumida.

El balance resultó más que positivo, crecer valía la pena, guardaré cada experiencia como un tesoro al que volveré siempre que olvide el rumbo.

Las confirmaciones no se hicieron esperar, faltaban pocos días y todavía había cosas por hacer, pero a mi nada me importaba más que la llegada de él.

El teléfono sonó al final del día. Había llegado, no podía creer lo que sentía, quería salir corriendo a su encuentro, pero decidimos aplazarlo, me recogería en la mañana.

Pasé la noche en vela, imaginando minuto a minuto cómo sería nuestro encuentro, pero al final sucumbí al sueño.

El carro llegó por el sendero de cipreses que hoy se veía más señorial que nunca. Flavia anunció que habían llegado a recogerme; me sorprendió no verlo, había enviado a alguien más por mí.

Subí sin prisa, algo desconcertada, intenté no pensar nada durante el camino, no quería dañar este momento con especulaciones. Aquí debería practicar todo lo hasta ahora aprendido.

Se abrió la puerta frente a mí y ahí estaba él, sentí cómo todo mi ser vibraba frente a su presencia. Nos amamos sin reservas, el tiempo juntos era un espacio mágico.

117

Mientras tomamos un vino, nos contamos lo vivido durante nuestra separación. Lo animó de manera especial la proximidad de la fiesta y la posibilidad de conocer a mi familia y amigos, era un espacio más que propicio para salir del anonimato en el que voluntariamente había estado este último tiempo.

Los días pasaron más rápido de lo esperado y me preocupé al no recibir respuesta de Francisco. Él era alguien tan importante para mí, que no tenerlo sería una pena.

Flavia me llamó para que juntas viéramos todo, repasamos cada detalle y todo estaba listo ya.

Los invitados llegaron como lo esperamos, la familia se hospedó en la villa y en la medida que se necesitó, se acomodaron los otros en la casa de Sofía y Antoine.

Los días anteriores a la fiesta tuve tiempo para compartir con mi familia, mi hermano no salía de su asombro, verme por fin feliz era para él un sueño que nunca creyó que se llegara a realizar. Aproveché para hablar con él largas horas, como reponiendo el tiempo perdido. Al final, quería dejarle claro que él para mí era todo y más, que lo había visto siempre como mi inspiración en los momentos de dificultad. Fue un momento de gran emotividad que llevaré conmigo siempre.

Una noche, aprovechando que todos estábamos en casa, decidí que sería el momento perfecto para presentarlo, ya lo habíamos hablado y él solo estaba a la espera de mi llamada para presentarse.

La forma tan abierta como lo recibió la familia, me hizo confirmar que mi decisión había sido la correcta. Tata no podía disimular su orgullo, se sentía feliz de saberme dueña al fin de mi vida. Papú, no se quedaba atrás y James, que nos acompañaba esa noche, habló por largo tiempo con él.

Él soportó amorosamente más de un interrogatorio por parte de alguno de mis tíos. En ocasiones se cruzaban nuestras miradas y, sin decir nada, entendíamos que estábamos ahí para apoyarnos.

En la terraza, mientras adentro seguía la reunión, nos encontramos para abrazarnos y ser uno, así fuera por un instante.

La fiesta empezó entre manjares exquisitos elaborados con toda dedicación por Flavia. Luego, aprovechando la presencia de Ariana, la nieta de Sofía, disfrutamos del concierto más delicado que uno pueda imaginar.

Ezequiel también nos acompañó y por horas se encerró con mi "inspirador" en el estudio para hablar del libro, que tan grata impresión le había causado.

Pasó el gran evento, más no mi emoción. Lo había logrado, reuní en un espacio a la gente que en este camino me ha enseñado, cuestionado y acompañado. Todos y cada uno han aportado a mi reconstrucción, por lo que los llevó incrustados en mi alma.

119

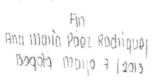

Fin
Ana Maria Paez Rodriquez
Bogota mayo 7 / 2013